纳兰词

【清】纳兰性德 / 著
徐宇 / 编著

江苏凤凰文艺出版社
JIANGSU PHOENIX LITERATURE AND ART PUBLISHING

图书在版编目（CIP）数据

纳兰词 / (清) 纳兰性德著 ; 徐宇编著 . -- 南京:
江苏凤凰文艺出版社 , 2020.8

(中国诗词大家系列丛书)

ISBN 978-7-5594-5080-7

Ⅰ . ①纳… Ⅱ . ①纳… ②徐… Ⅲ . ①词 (文学) —作品集—中国—清代 Ⅳ . ① I222.849

中国版本图书馆 CIP 数据核字 (2020) 第 153706 号

纳兰词

[清] 纳兰性德　著　徐宇　编著

总 策 划　慧源通

总 编 辑　徐运全

责任编辑　王昕宁

特约编辑　陈长元

责任校对　张伟娜

装帧设计　李志雪

出版发行　江苏凤凰文艺出版社

南京市中央路165号，邮编：210009

网　　址　http://www.jswenyi.com

印　　刷　嘉业印刷（天津）有限公司

开　　本　880×1230毫米 1/32

印　　张　8

字　　数　160千字

版　　次　2020年8月第1版

印　　次　2020年8月第1次印刷

书　　号　ISBN 978-7-5594-5080-7

定　　价　36.80元

前　言

纳兰性德（1655 年—1685 年），纳兰氏，字容若，号楞伽山人，满洲“八大旗”之一正黄旗人。纳兰性德原名纳兰成德，为避讳太子保成的“成”字，而改名为纳兰性德；他是清代大学士明珠的长子，母亲是英亲王阿济格的第五女爱新觉罗氏。

纳兰性德自幼聪慧过人，过目不忘，精通骑射，十八岁考中举人。在名师指导下，仅用两年时间，主持编纂了一部 1792 卷的儒学汇编《通志堂经解》，轰动京城。

康熙十五年（1676 年），纳兰性德再次参加科举，在殿试中获得二甲七名，赐进士出身，授三等侍卫官职，不久就晋升为正三品一等侍卫，多次随康熙帝南巡北狩，参与重要的战略侦察。但纳兰内心真正想要的，并不是高贵的身份与平坦的仕途，他厌倦官场上的相互倾轧。这个抑郁一生的词坛奇才于康熙二十四年（1685 年），因寒疾早逝，年仅三十一岁。

纳兰性德的一生虽然短暂，但却以极大的创作热情，留下了三百多首题材各异、情真意切的词作，被誉为“清朝第一词人”。他的词受李煜影响最大，也受“花间派”和晏几道的影响，因此，他的词大多清新隽秀、哀感顽艳；但也有一部分气象宏大、风格雄阔的词作，如《长相思》“山一程，水一程”反映出他不畏艰险“身向榆关那畔行”的雄心壮志，激荡的是“万里赴戎机，关山度若飞”的豪迈之情。

纳兰性德词作现存 348 首，内容涉及爱情友谊、边塞江南、咏物咏史及杂感等多个方面，尽管他的词作数量不多，眼界也并不算开阔，但词情旖旎、情感真挚，因而他的词作不但在清代词坛享有很高声誉，在整个中国文学史上也占有重要的一席之地。

二十四岁时，纳兰把自己的词作编选成集，名为《侧帽集》，后来改为《饮水词》，后人则多称为《纳兰词》。《饮水词》在当时的社会上享有盛誉，获得了诸多文人学士的高度评价，成为那个时代词坛的杰出代表，一直流传至今。王国维曾评价说：“纳兰性德以自然之眼观物，以自然之舌言情。”“北宋以来，一人而已。”

为满足广大读者对纳兰容若留存下来的作品的了解、阅读和鉴赏需求，我们精心编写了这本《纳兰词》。在编写体例上，我们集众家之长，益独家之见，辟“原文”“注释”“译文”“创作背景”“赏析”和“轶闻异物录”共六个栏目。在收录原著方面，本书收编《忆江南·昏鸦尽》《画堂春·一生一代一双人》《蝶恋花·辛苦最怜天上月》等76首纳兰词，旨在客观地、全面地向大家介绍清代第一词人的文学创作成就，并附《纳兰性德大事记》。

本书秉承忠实于原著的思想，在“原文”“注释”“创作背景”板块中力求翔实，对有争议的原文、注解或创作年代，我们也在精心考证后作出综合研判，给出我们自认为比较符合史实及作品内容的说法，同时会附上争议者的观点，供大家阅读时参考；在“译文”“赏析”和“轶闻异物录”板块中，我们在力求翔实的基础上，给出了编著者个人或集体的思想和看法，而且在赏析过程中，力求挖掘原著中的美学价值和其宝贵的艺术价值、思想价值，更力求客观呈现给读者艺术再创作的美文。

本书在编写过程中，参考了中国文联出版社2016年8月出版的《纳兰词》、北京联合出版公司2016年6月出版（2018年5月重印）的《纳兰容若词传》。

由于编著者的能力所限，本书在编写过程中难免存在差错或遗漏，敬请广大读者批评指正。

鉴于部分作品的作者暂无法取得联系，请作者自行与本书发行单位联系，获取稿酬，万分感谢。

目　录

忆江南[①]·昏鸦尽

昏鸦[②]尽，小立[③]恨因谁？急雪乍翻香阁[④]絮，轻风吹到胆瓶[⑤]梅。心字[⑥]已成灰。

◎注释

① 忆江南：词牌名，又叫“望江南”“梦江南”“江南好”等。词调有单、双之分，这首为单调，共五句，二十七字。

② 昏鸦：指黄昏时分昏暗不明的鸦群。

③ 小立：稍稍站立，这里指代女主人。

④ 香阁：青年妇女的内室。

⑤ 胆瓶：瓶颈细长、瓶肚阔大、腹圆厚底的花瓶。

⑥ 心字：摆成心字形的香。

◎译文

黄昏时分，乌鸦已经飞远，你为什么还站在那里，又是因何事而伤感？柳絮像急促而下的雪翻飞着落入香阁，风轻轻吹着悬胆瓶里的梅花。再看那心形香已悄然成灰。

◎创作背景

这是《饮水词》开篇之作。从内容来看，是词人为怀念心上人而作。具体创作时间待考。

◎赏析

这首词通过急雪、香阁、柳絮、胆瓶、梅花、心字形等意象，将一种精致、含蓄、隽永的凄苦情调含蕴其中，表达了词人内心深处的无限悲凉和无尽的忧伤。

“昏鸦尽”，开篇勾勒出一幅昏昧不明、暮色四合的画面。

“昏鸦”象征在黄昏时分，人的内心升起的荒凉和躁动不安的心绪。“尽”则是乱鸦聒噪着飞过之后瞬间的寂静，此时，人的心情又是迷茫、惆怅的。

“小立恨因谁”，迷茫惆怅的意绪中，好像有了明确的指向，让读者的注意力也由黄昏画面跳到人的内心状态。“小立”两个字有一种人物浮雕式的效果。“恨因谁”，词笔直探人物内心深处的感慨与幽怨。

“急雪乍翻香阁絮”，化用了谢道韫“未若柳絮因风起”意。急雪翻飞、飘转的画面让人感到动荡、凄迷，使人想到女主人公内心的凄苦与迷惘。

“轻风吹到胆瓶梅”，春寒料峭时节中又生出一种春的意趣，可以感受到女子内心仍向往着美好的爱情。

“心字已成灰”，心字形香已燃成灰烬，从黄昏一直到夜深，女子内心都无法平静，无法摆脱思念忧愁的缠绕、折磨，追求的落空就像心字形香化为了灰烬一样。

这首小令，文字简洁，不经雕饰，情调凄苦但含蓄着隽永的悲凉美。

◎轶闻异物录

胆　瓶

胆瓶，一种插花器皿，因器型如悬胆而得名，直口，细长颈，削肩，肩以下渐硕，腹下部最为丰满。胆瓶始制于唐，盛行于宋，因其造型优美典雅，给人超凡脱俗的情趣，被宋代朝野所追捧，成为陶器中的经典。

宋代胆瓶被引入佛堂斋室，成为清净之地超凡脱俗的灵物；元代失意文人以胆瓶孤花合其逸士心意；明代士大夫阶层日益壮大，胆瓶寓意被功利化，变为达官显贵们显示高雅情趣及身份的标志；清代胆瓶被描金绘彩、附耳加环，沦落为世俗享乐的玩物。

浣溪沙[①]·身向云山那畔[②]行

身向云山那畔行，北风吹断马嘶声，深秋远塞若为[③]情。

一抹晚烟荒戍垒[④]，半竿斜日旧关城。古今幽恨几时平。

◎注释

①浣溪沙：词牌名，本唐教坊曲名，又名“浣沙溪”“小庭花”等。双调四十二字，五平韵。

②那畔：那边。

③若为：怎为。

④荒戍垒：荒凉萧瑟的营垒。戍：保卫。

◎译文

向着北方的边疆，义无反顾，一路前行；骏马的嘶鸣声裹挟在怒号的北风声中，时续时断，听不真切。在遥远的边塞，满目肃杀的秋景，让我的心久久不能平静。

一缕轻烟冉冉而生，飘在荒凉废弃的营垒和关隘上，夕阳西下，昔日繁华的关城沐浴在斜阳余晖中，愈发凄凉，令人不禁想起古往今来金戈铁马的故事，心潮更加起伏不平。

◎创作背景

这首词应作于康熙二十一年（1682年）八月，词人受命与副都统郎坦等出使觇梭龙打虎山，至十二月还京。此行途中，词人看到昔日边塞荒废的戍垒和旧的关城，有感而发，写作此词。

◎赏析

这首词通过描写奉命出塞途中的艰辛和所见到的荒凉之景，抒发了词人对边关战事的幽幽恨意，表达出词人起伏不平的情感。

“身向云山那畔行”，起句点明此行的目的地，让人不禁联想起纳兰在《长相思》中“山一程，水一程，身向榆关那畔行”的名句，说明词人对塞外行军有着切身感受。“身向云山”，说明此次前往的目的地路途遥远，而令人敬佩的是：尽管这是一次艰辛异常的塞外长途跋涉之旅，在词人笔下，还是那么的富有诗意，那么的浪漫。“那畔行”，说明在词人的眼中，一切的一切，都是无可挑剔的美！反映出词人就是一个美学家，善于发现美、书写美，即使是恶劣的环境，在词人的笔下，也是美的风景，而词人更是一个从灵魂到外表都美的人，一个由内及外崇尚美的人！

“北风吹断马嘶声”，实写边塞深秋的风凛冽无比，连战马的嘶鸣声都给淹没了，只能时断时续听见。“北风”，说明此时此刻，词人身在塞外，所以，听到的是肃杀之声，而这声音只会使人愁绪纷乱，心情悲凉。“吹断”，说明风力十分的可怖，居然把马的嘶鸣声都给吹断了。“马嘶声”，因为塞外天气恶劣，战马都感到凄凉而嘶鸣，也说明，长途跋涉中，战马已经累了，用它的嘶鸣声来抗议这场残酷的战争！词人并不明写战事如何，边塞将士的生活怎样，只是用一句“北风吹断马嘶声”，就把这一切内容都包括在内了。话在言外，意在景中。一切，不言而自明。

“深秋远塞若为情”，词人终于点题了，但是，词人依然不是明写塞外将士的苦情，而是用一个问句来试问在遥远的塞外，在深秋季节的北方，情何以堪？“深秋远塞”，给人以辽远壮阔的美感，也给读者留下了无尽的想象的空间。“若为情”，什么样的情呢？一个“若”字，把将士的无限“苦”情“恨”意都包含了。

“一抹晚烟荒戍垒，半竿斜日旧关城”，实写眼前之景，词人以古朴简疏的笔墨，一笔勾勒出了一幅萧杀气浓厚的战地风光图。“一抹晚烟”，晚烟一抹，袅然升起，飘荡于天地之间，在辽远荒芜的画面上，涂抹上一笔淡淡的水粉。“旧关城”，尽管营垒荒凉而萧瑟，且时至黄昏，但是，有了一座旧的关城，立刻就有了一丝丝的人间烟火气息。“半竿斜日”，虽然边城也是破败不堪的，但是，夕阳的余晖却并不因为它的残破而不愿光顾它，夕阳依旧把它的温暖送给了这座千疮百孔的“旧关城”，使得“荒戍垒”由凄凉而变得有了一抹新的生机。词中寥廓的意境不禁让人想赞美词人几句，可以说，纳兰是在填补词作品上的一个空白点，他用自己的切身体验和自己的灵魂勾兑出一缸颜料，用词作这支画笔，描摹出了“大漠孤烟直，长河落日圆”（见唐·王维《使至塞上》）的壮美。

“古今幽恨几时平”，结束了对边塞所见所历的白描之后，词人开始点睛，指出了词的主旨在于“古今幽恨”。“几时平”，则用一种诗意的自我放逐，写出了边塞远行的清苦和古今的幽恨，既不同于遣戍关外的流人那凄楚哀苦的呻吟，也不是卫边士卒万里怀乡的哀叹，而是词人对浩渺宇宙、纷繁人生的独特感悟；虽有一股淡淡的漂泊凉意和奉命出塞的凄惘，但字里行间所蕴含的北国秋冬之环境的险恶，前途未卜的忧虑之思，使边关不再是唐人笔下的雄浑、苍凉、悲壮之境，取而代之的是：满目的萧瑟、冷清与破败，是词人的幽幽恨意、悠悠情思、绵绵隽情。

这首词以写景为主，景中含情，是一首边塞苍歌。

王维自救诗

唐玄宗天宝十四载（755 年），安史之乱爆发，此时，王维是朝廷的给事中。唐肃宗至德元载（756 年），长安被叛军攻陷，王维没来得及跟随唐玄宗逃往四川，被叛军抓捕。

安禄山也很尊重王维的诗名，把他带到了洛阳，安置在普施寺里，并强迫他当了官，出任伪职。

唐肃宗乾元元年（758 年），洛阳收复，大唐王朝打回来了，大批被俘虏官员，都被清算，前宰相陈希烈被处死了！王维也未幸免，战乱平息后，他和出任安禄山政权伪职的人一起，被唐肃宗下了大狱，交付有司审讯。

按理，投效叛军的人一律当斩，但因他被俘时曾作《凝碧池》一首：

万户伤心生野烟，百官何日再朝天？
秋槐叶落空宫里，凝碧池头奏管弦。

这首抒发亡国之痛和思念朝廷之情的诗救了王维自己。同时，因其弟刑部侍郎王缙在平叛中立了功，并请求用自己的爵位为兄赎罪，王维才得以被从宽处理，降为太了中允。

王维对自己这一次失节做伪政权的官也十分内疚，他在《为薛使君谢婺州刺史表》中说：“自恨驽怯，脱身虽则无计，自刃有何不可。而折节凶顽，偷生厕混。纵齿盘水之剑，未消臣恶；空题墓门之石，岂解臣悲。”可见，古代文人还是极其看重自己的名节的，极有羞耻感和负罪感的。

王维的结局还好，最后迁中书舍人，官至尚书右丞。

忆王孙[①]·西风一夜翦[②]芭蕉

西风一夜翦芭蕉，倦眼经秋耐寂寥？强把心情付浊醪[③]（láo）。读离骚[④]，愁似湘江[⑤]日夜潮。

◎注释

①忆王孙：词牌名。又名“独脚令”“忆君王”“怨王孙”“画蛾眉”“阑干万里心”“豆叶黄”等。单调，共五句，三十一字，通押平声韵。

②翦：通“剪”，剪断。

③浊醪：即浊酒，醪就是酒糟的意思。

④离骚：《楚辞》中的作品，作者屈原，作品中表现了忧国忧民的情感以及理想不能实现的愤懑。

⑤湘江：源自广西，流入湖南，为湖南省最大的河流。屈原自杀的汨罗江就属湘江。

◎译文

刮了一夜西风，凋残了满庭的芭蕉。清秋的萧瑟能不让人倍感寂寞寥落？勉强把解忧的希望寄托于一壶浊酒。但读着《离骚》，愁情又似江潮般日夜不停、滚滚来袭。

◎创作背景

清朝三藩之乱（1673年—1681年）期间，一向文质彬彬的纳兰性德请求到前线去冲锋陷阵，结果一而再再而三上疏，都被康熙帝驳了回来。据考证，这首《忆王孙》就是纳兰上疏不成后而写。

◎赏析

这首小令通过寂寥萧索秋景的描写，抒发了词人的一腔愁怨之绪和一股隐隐的郁勃之气。

“西风一夜翦芭蕉，倦眼经秋耐寂寥”，秋风萧瑟的夜晚，精神极度苦闷的作者愁眉不展，只听见窗外秋风吹打芭蕉的萧萧声。西风凌厉无情，不但吹落了芭蕉叶，还令夏日里残留的花草尽数凋零。“倦眼经秋耐寂寥”一作“满眼芳菲总寂寥”。

“强把心情付浊醪”，面对此情此景，词人愁绪无处排遣，只有借酒消愁。他取来一壶浊酒，将无限的寂寥倒进杯中，化作无奈一饮而尽，他想借酒一浇胸中块垒，但这愁绪却并非全是闲愁。

“读离骚，愁似湘江日夜潮”，酒后，随手拿起一本《离骚》，漫目读去。容若胸怀天下，有志报国却立功无门。三藩之乱未得平叛，容若心中愁闷如日夜奔腾不息的湘江水般澎湃。以酒浇胸中之块垒，以词抒心中之抱负。至此，这首词的悲愤之意已出。

“愁似湘江日夜潮”，结尾十分豪迈，仿佛是将一腔英雄泪融入一壶浊酒，化入一阕清词，大有破空而来之势。

这首词格调蕴藉雅丽，虽是词人一贯细腻的风格，但与纳兰其他借酒浇愁的哀婉词不同，透着与屈原相同的忧国忧民的惆怅，是《离骚》的微缩版。

◎轶闻异物录

三藩之乱

清廷入关后为对付李自成农民军和南明政府的反抗，封云南吴三桂、广东尚可喜、福建耿精忠为藩王。康熙十二年（1673 年）春，朝廷撤藩，吴三桂于当年十一月杀死云南巡抚朱国治，自称天下都招讨兵马大元帅，提出“兴明讨虏”的口号，将矛头指向清廷。吴三桂军队由云、贵而开进湖南，几乎占据湖南全省。进而占据四川，四川官员纷纷投降。福建、广东、广西、陕西、湖北、河南还有明郑的台湾等地汉官、汉兵以及一些地区的农民纷纷响应。

此后，吴三桂在湖南沿长江布置防御工事，不再向北发展，康熙帝抓住机会调整战略、安排兵力。他首先坚决打击吴三桂，而对其他的反叛者却实行招抚，通过分化而孤立吴三桂。军事上仅以湖南为进攻的重点，同时充分信任汉将，这样就极大地鼓舞了清军的士气。

耿精忠、尚之信归顺清廷后，吴三桂于康熙十七年（1678 年）在衡州称帝，立国号周，建元昭武，大封诸将。其实这时吴三桂已到了穷途末路。他积郁而死后，将所谓“帝位”传给孙子吴世璠。康熙二十年（1681 年）冬，清军进入云南省城昆明，吴世璠自杀，历时八年的三藩之乱被平定。这对于清廷来说,是确立稳定的皇朝统治的标志。

遐方怨[1]·欹（yǐ）角枕[2]

欹角枕，掩红窗。梦到江南伊家，博山[3]沈水香[4]。湔（jiān）裙[5]归晚坐思量。轻烟笼翠黛[6]，月茫茫。

◎注释

①遐方怨：词牌名，唐教坊曲名。词调有两体。这首词是单调三十二字，七句四平韵。

②欹角枕：斜靠着枕头。欹：通"倚"，斜靠着。角枕：角形枕头。

③博山：博山炉，香炉名。以炉盖上的造型与传说中的海上博山相似而得名。又一说像华山，因秦昭王与天神博弈于此而得名。

④沈水香：即沉香，一种香料。沈：通"沉"。

⑤湔裙：古代风俗，元日至月底，女子酹酒洗衣于水滨，祓除不祥。又称湔裳、湔衫。

⑥翠黛：妇女的眉毛，也可指碧绿的远山。这里代指美女。

◎译文

斜倚着角枕，拢上红窗纱，梦中我又去了江南，香炉中袅袅升起沉水香。河边洗衣的她，回来时天色已晚，闲坐窗前，心事满满，嫚若所思。淡淡轻雾升起，笼着远处青山，月光一片白茫茫。

◎创作背景

这首词可能写于康熙二十四年（1685年）春，纳兰侍妾沈宛南归后，词人孤独一人，百无聊赖，遂有此作。

◎赏析

此词通过亦幻亦真的梦境，表达轻烟笼翠般的思念之情。

“欹角枕，掩红窗”，为实写之笔，写其疏慵倦怠、相思无绪的情态。白日消匿，孤独寂寞的夜晚，词人斜倚绣枕，百无聊赖，希冀在梦中与伊人相会。

“梦到江南伊家”至“月茫茫”，全写梦境见到伊人的情景。“博山沈水香”是虚写，只见博山炉一片青烟缭绕，状如愁思，伊人又在哪里，原来伊人洗衣晚归，正在思量。她在思量什么呢，当然是思念词人了。因此，伊人的行止也是情有所思的形象，虽只是几句淡淡的描绘，但婉转入深。“轻烟笼翠黛”，含蓄而巧妙。“月茫茫”三字，更给全词增添了千百种韵味。

全词清新自然，利用现实与梦境的对比，突出身处现实中的词人独自痛苦的强烈感，是对词作艺术手法的一种突破。

◎轶闻异物录

纳兰的红颜知己沈宛

纳兰容若的爱妻卢氏去世后，纳兰陷入无尽的悲痛之中。后来虽续娶官氏，但与她并不能心意相通。其后，好友顾贞观在江南为他介绍了一位富有诗词才华的名妓沈宛。

沈宛，字御婵，浙江乌程人。作为才女，沈宛曾有《选梦词》刊行于世，为纳兰容若欣赏，接沈宛于京城。由于沈宛的身份和血统，她不能名正言顺地入府，纳兰就在德胜门内置房安顿她。

从沈宛的诗词中，看得出他们心灵之间有着一种相知互怜的内在联系。但好景不长，半年后，纳兰性德突然去世，留下孤独无靠的沈宛和纳兰性德的遗腹子。

如梦令[①]·正是辘轳金井[②]

正是辘轳金井，满砌[③]落花红冷。蓦（mò）地[④]一相逢，心事眼波难定。谁省[⑤]（xǐng）？谁省？从此簟[⑥]（diàn）纹灯影。

◎注释

①如梦令：词牌名，又名“忆仙姿”“宴桃源”。五代时后唐庄宗李存勖首创。《清真集》入“中吕调”。三十三字，五仄韵，一叠韵。

②辘轳金井：一般指宫廷园林里的井。辘轳：汲水工具，摇动有声。金井：栏上有雕饰的井。

③砌：台阶。

④蓦地：突然地。

⑤省：明白。

⑥簟：竹席。

◎译文

正是在这样的辘轳金井旁，满地的红花堆积。忽然间，与你相逢，你的眼神，让人捉摸不透。有谁知道？又有谁知道呢？我从此将彻夜辗转，孤灯难眠。

◎创作背景

这首词应写于康熙十六年（1677年）之后，纳兰妻卢氏难产而亡后。纳兰为表达自己失去爱人的痛苦和相思之情，写下这首词。

◎赏析

这首词描写主人公邂逅了一位伊人，却不能与之相近相知，表露出词人无尽的伤痛、怅惘之情。

“正是辘轳金井，满砌落花红冷”，暮春时节，落红遍地，辘轳金井。画面虽然色彩瑰丽，然而却因花瓣飘零、金井寂寞，反而增添清冷之感。背景单纯，但蕴含的情感却颇为丰沛。

“蓦地一相逢”，不期然之际，和她相遇了。字里行间，写满了他们初次相遇时的生涩。

“心事眼波难定”，随着情节的发展，人们恍然大悟，他们似相识，却又“心事眼波难定”。如果是灵魂从未相交，就不会有“心事”，所以，这绝非是一次普通的相遇，而是意料之外的重逢，却只落得“眼波难定”而已。

“谁省？谁省？从此簟纹灯影”，问了，却无人来相答，最后把一句本想让所思之人知道的话——“从此簟纹灯影”给了自己，让自己去受那无尽的伤痛怅惘，这是怎样的苦闷啊。全词戛然而止，却更可以说是词人所传达的情感的真正开始。

这首词虽然短小，但字字传情，将词人内心的无奈与思念之情表达得淋漓尽致。

◎轶闻异物录

古人的枕头

作为休息用的寝具，枕头的历史悠久，早在新石器晚期就已经出现了人类使用的石枕，那个时候的人们就已经感觉到睡觉时把头垫起来会更加舒服。从近些年的考古发掘来看，枕头在每一个朝代都出现了各种各样的样式，单从材质的使用上就各有千秋。

枕头主要分为硬枕和软枕两大类，硬枕除了石枕外，还有瓷枕、玉枕、铜枕、竹木枕、水晶枕等；软枕主要以布、绢、动物毛皮制作外形，内部填充草叶、稻谷、布头等。枕头表面以刺绣或彩绘进行装饰，“绣花枕头”就是软枕。

如梦令·纤月[1]黄昏庭院

纤月黄昏庭院，语密[2]翻[3]教醉浅。知否那人心？旧恨新欢相半。谁见？谁见？珊枕[4]泪痕红泫[5]（xuàn）。

◎注释

① 纤月：纤细的月牙。
② 语密：缠绵的情话。
③ 翻：反，却。
④ 珊枕：珊瑚色的枕头。
⑤ 泫：流泪。

◎译文

黄昏时分，一弯新月斜挂在庭院当空。绵绵的情话，竟然让我酒醒难眠。知不知道那人的心？或许旧情与新欢，早已各占一半。哪个看见？哪个看见？沾着脂粉的泪痕打湿了枕畔。

◎创作背景

这首词应作于康熙十七年（1678 年）之前，是词人为怀念心上人而作，但具体所怀之人是谁，已不可知。

◎赏析

这首词以女子的口吻、心思来写回忆旧情的甜蜜和现实景象的残酷，表现思念丈夫的妻子从等待到失望的过程中的情绪变化，间接表达了词人内心的悲伤。

“纤月黄昏庭院，语密翻教醉浅”，是对往日感情的回忆。一轮新月笼罩整个庭院，虽没有落霞孤鹜，却有长天秋水，

女子因为心有牵绊，所以借酒消愁。但恋人却翩然而来，悦然相伴，说着绵绵的情话，原本浓浓的醉意都被缠绵悱恻驱散到九霄云外了。

“知否那人心”，从美好的回忆转到了眼前残酷的现实。

“旧恨新欢相半”，事实上很有可能迷上新欢，而忘记旧恨。埋怨也没用，所以女子只好幽怨孤单，相思彷徨，以泪洗面而不能入睡。

“谁见？谁见？珊枕泪痕红泫”，红色睡枕上斑斑泪痕，足以看出女子思念的孤楚、惆怅和无可奈何。现在，只能是回忆得了过去，却回不到从前了。“谁见？谁见？”以决绝之问收尾全篇，而反复的询问，衬托出内心的悲痛。

整首词中，词人的悲伤已经表达得淋漓尽致，然而只不过是空惆怅，所以只能对浩渺苍天发一声：谁见？谁见？其相思彷徨、以泪洗面的情景表达了深沉的相思之苦。

◎轶闻异物录

辘　轳

辘轳是我国北方常用的提取井水的起重装置。井上竖立井架，上装可用手柄摇转的轴，轴上绕绳索，绳索一端系水桶。摇转手柄，使水桶一起一落，提取井水。

辘轳也是从杠杆演变而来的汲水工具。据《物原》记载：“史佚始作辘轳。”史佚是周代初期的史官。说明早在公元前三千一百多年前汉族劳动人民已经发明了辘轳。到春秋时期，辘轳已经流行。

辘轳的制造和应用，在古代是和农业的发展紧密结合的，它广泛应用在农业灌溉上。辘轳在我国应用时间较长，虽经改进，但大体保持了原形，说明在三千年前我们的祖先就设计了结构很合理的辘轳。

天仙子[①]·梦里蘼（mí）芜[②]青一翦

梦里蘼芜青一翦，玉郎[③]经岁音书断。暗钟[④]明月不归来。梁上燕，轻罗扇[⑤]，好风又落桃花片。

◎注释

①天仙子：原为唐教坊曲名，后用作词调名，有单调三十四字、双调六十八字两种。唐人用单调，宋以后有双调。

②蘼芜：一种香草。

③玉郎：古代对男子的美称，也指女子对丈夫或情郎的爱称。

④暗钟：夜晚的钟声。

⑤轻罗扇：轻而薄的丝织品制成的扇子，是女子夏日所用。

◎译文

梦见蘼芜整整齐齐，青青一片。然而整整一年，他还是没有任何音讯。晚钟敲响，明月冉冉升起，他却没有回来。回巢燕在梁上呢喃，她轻摇罗扇，看风吹落桃花片片。

◎创作背景

康熙二十一年（1682年）八月，作者与郎坦出使梭龙，当年十二月返京，这首词于此行中所写，表达作者对家的思念。

◎赏析

这首词以闺中女子的口吻表达了孤寂哀伤的情怀，刻画了一个日夜盼望爱人归来的女子形象。语言自然恬淡，明白如话，意蕴悠长。

“梦里蘼芜青一翦，玉郎经岁音书断”，前一句说梦，为后一句说郎作铺垫。后一句是词所叙述的中心事件，也是怨恨的根源。蘼芜与音书，都与离愁别恨相关。

“暗钟明月不归来。梁上燕，轻罗扇”，说怨恨的具体情状。夜晚的钟声清远悠扬，明月当空，心上人还不回来。梁间燕子，呢喃私语。纱橱藤萝，罗扇轻摇。暗钟明月，是多么美好的夜晚，但心上人偏偏不归来。“燕”和“扇”押韵。一个成双成对，一个独自与孤寂的女子相伴，构成强烈对比。

“好风又落桃花片”，以一景语出之。什么都不说，似乎无怨也无悔，却留下无穷余味。

全词分三个层次表达女子对丈夫的思念及哀怨。首先是“断”，分别后消息全无，表达内心的忐忑；其次是“不归来”，写出内心的幽怨；最后是“好风又落桃花片”，写出内心的孤寂。“轻罗扇”在诗词中，常常用来表现闺阁女子的优雅情态，同时也隐喻手握轻罗扇女子的孤寂。看似优雅的女子，又有谁能理解她的哀愁？这哀愁带着丝丝惆怅，意蕴悠长，给人以无限的回味。

◎轶闻异物录

罗 扇

《杖扇新录》载：罗扇，以素罗为之，形如满月，亦有腰圆、六角诸式，以绒线绣人物、花果，精细如画。

清代嘉庆、道光年间，盛行于闺阁。新嫁女逢午节（端午节），娘家有送夏衣的习俗，按例要用这种扇子以供尊长及诸姑姊妹使用。富家以重金聘名手绣之，两面绣纹如一。

长相思[①]·山一程

山一程，水一程[②]，身向榆关[③]那畔[④]行，夜深千帐灯[⑤]。

风一更，雪一更[⑥]，聒[⑦]（guō）碎乡心梦不成，故园[⑧]无此声[⑨]。

◎注释

① 长相思：词牌名，又名“吴山青”“山渐青”“相思令”“长思仙”“越山青”等。双调三十六字，前后段各四句，三平韵一叠韵。

② 山一程，水一程：山长水远。程：道路，路程。

③ 榆关：今山海关，在今河北秦皇岛东北。

④ 那畔：山海关的另一边，指身处关外。

⑤ 千帐灯：皇帝出巡临时住宿行帐的灯火。千帐是说军营人数极多。

⑥ 风一更，雪一更：整夜风雪交加。更：旧时一夜分五更，每更大约两小时。

⑦ 聒：声音嘈杂，这里指风雪声。

⑧ 故园：故乡，这里指北京。

⑨ 此声：指风雪交加的声音。

◎译文

将士们跋山涉水，走过一程又一程，马不停蹄地向着山海关挺进。夜深了，千万个帐篷里点起了灯。

风声不断，雪花不停，思乡的将士们无法入睡。在温暖宁静的故乡，没有这样风狂雪暴的聒噪之声。

◎创作背景

康熙二十一年（1682年）二月十五日，康熙帝因云南平定，出关东巡，祭告奉天祖陵。词人随康熙帝诣永陵、福陵、昭陵告祭，二十三日出山海关。塞上风雪凄迷，苦寒的天气引发了词人对家的思念，于是写下了这首词。

◎赏析

这首词描写将士在外对故乡的思念，抒发了情思深苦的绵长心情。

“山一程，水一程”，写出旅程艰难困苦、长路漫漫的寂寥。

“身向榆关那畔行”，看似表明前行的目的地，实际上一个“身”字，表达了词人内心的无奈。

“夜深千帐灯”，经过白天的长途跋涉，夜晚人们搭起帐篷准备就寝；然而夜深了，千帐内却灯光熠熠，这是因思乡而失眠，于是转入之后的乡情思念。

“风一更，雪一更”，描述了行进过程的艰苦环境，表明了词人内心的孤寂痛苦之情。

“聒碎乡心梦不成，故园无此声”，风雪交加，无法入睡，想起故乡没有这样的风雪，表达了词人浓浓的思乡之情。

从“夜深千帐灯”的壮美意境到“故园无此声”的委婉心境，是词人亲身生活经历的生动再现，也是他善于从生活中发现美，并以景入心的表现。天涯羁旅最易引起共鸣的是那“山一程，水一程”的身泊异乡、梦回家园的意境，信手拈来，不显雕琢。

全词语言淳朴，意味深长，取景宏阔，对照鲜明。

山 海 关

山海关，又称榆关、渝关、临闾关，位于河北省秦皇岛市东北十五公里处，是明长城的东北关隘之一，素有“天下第一关”“边郡之咽喉，京师之保障”之称。与万里之外的嘉峪关遥相呼应，闻名天下。

明洪武十四年（1381 年）筑城建关设卫，因其依山襟海，所以叫作山海关。山海关城周长约四千米，与长城相连，以城为关，城高十四米，厚七米，有四座主要城门，多种防御建筑。包括“天下第一关”箭楼、靖边楼、牧营楼、临闾楼、瓮城以及一千三百五十延长米的明代平原长城等景观。

采桑子·冷香[1]萦遍红桥[2]梦

冷香萦遍红桥梦，梦觉城笳[3]。月上桃花，雨歇春寒燕子家。

箜篌[4]别后谁能鼓，肠断天涯。暗损韶华[5]，一缕茶烟透碧纱。

◎注释

①冷香：指清香的花气。

②红桥：桥名，在江苏扬州，明崇祯时建。为扬州游览胜地之一。

③城笳：城头传来的胡笳声。

④箜篌：古代一种拨弦乐器，分竖箜篌与卧箜篌两种。

⑤暗损韶华：美好的青春年华暗暗消耗。

◎译文

清冷的花香浸透红桥多情人的旧梦，梦醒隐隐听到城楼上的笳声。满地残落的桃花润染着如水月色，风停雨歇春意寒，燕子静静栖息在巢。

一别之后，箜篌空悬，等不到再能弹奏的人，不禁黯然神伤。青春匆匆逝去，一缕苦涩的茶烟钻透碧纱。

◎创作背景

这首词写于康熙十六年（1669年）前，是纳兰陪同康熙皇帝出巡塞外时，面对萧萧雨夜无法入眠，感叹青春韶华易逝，想念已经离去的心爱女子，有感而发。

◎赏析

这首词情景交融，虚实相间，描绘出了一幅与现实脱离的思念画面，抒发了心爱的女子离开后的郁闷情绪。

“冷香萦遍红桥梦，梦觉城笳”，梦中与心爱的她在清香弥漫的红桥上相伴，梦醒后却听到城头传来的胡笳声。

“月上桃花，雨歇春寒燕子家”，面对着萧萧雨夜，再也无法入眠，雨声和着凄凉的乐曲声，更增添了几多愁结。词中虽未言愁，但愁却更深。

“箜篌别后谁能鼓，肠断天涯”，自从分别之后，就再也没有人能为词人弹奏一曲。箜篌空悬，睹物思人，黯然神伤。而令人肠断者，不是无人会弹箜篌，而是怀念伊人远隔天涯。

“暗损韶华，一缕茶烟透碧纱”，在相思的煎熬中，把美好的青春年华都逐渐消耗掉了，只留下那一缕茶烟透着碧纱。这种孤苦的情怀，词人又能向谁诉说，只能把它诉诸笔端了。

词人用白描手法写春夜景色，简练不失贴切，又用直抒胸臆的手法，写出夜色正浓时无法逃避的怀念，烘托出春夜寂寥、人心寂寥的意境。

◎轶闻异物录

箜　篌

箜篌，是我国古代传统弹弦乐器，又称拨弦乐器。最初称“坎侯”或“空侯”，历史悠久、源远流长，音域宽广，音色柔美清澈，表现力强。

在古代，箜篌除宫廷雅乐使用外，在民间也广泛流传。有卧箜篌、竖箜篌、凤首箜篌三种形制。从古代大量演奏图像中所绘的竖箜篌及日本奈良正仓院保存的我国唐代漆箜篌和螺箜篌残件看，它的音箱设在向上弯曲的曲木上。凤首箜篌形制似与竖箜篌相近，又常以凤首为装饰而得名，其音箱设在下方横木的部位，向上的曲木则设有轸或起轸的作用，用以紧弦。《乐唐书》载：“凤首箜篌，有项如轸。”杜佑《通典》载：“凤首箜篌，头有轸。”有轸或无轸的箜篌图像在敦煌壁书中均有所见。凤首箜篌自印度传入后，用于隋唐燕乐中的印度乐，至宋代《乐书》中仍绘有当时存在的多种形制的箜篌，明代以后失传。

箜篌流传至今已有两千多年的历史了。现常用于独奏、重奏和为歌舞伴奏，并在大型民族管弦乐队中应用。

采桑子·塞上咏雪花

非关癖爱轻模样[1]，冷处偏佳。别有根芽[2]，不是人间富贵花[3]。

谢娘[4]别后谁能惜，飘泊天涯。寒月悲笳[5]，万里西风瀚海[6]沙。

◎注释

①轻模样：这里是说大雪纷飞的样子，表达对雪花的偏爱。南宋孙道绚《清平乐·雪》云："悠悠扬扬，做尽轻模样。"

②根芽：词中是比喻事物的根源。

③富贵花：指牡丹或者海棠。

④谢娘：原指谢道韫，东晋女诗人。后泛指才女。

⑤悲笳：悲凉的笳声。

⑥瀚海：沙漠，这里指塞外之地。

◎译文

我并不是偏爱雪花轻舞飞扬的样子，也不是因为它越寒冷越美丽。而是因为它的高洁之姿是人间富贵的花不可比拟的。

谢道韫故去后还有谁真的了解怜惜它，它在天涯随处飘荡，看尽冷月，听遍胡笳，感受到的是西风吹遍黄沙的悲凉。

◎创作背景

康熙十七年（1678年）十月，词人扈从北巡塞上，惊讶于塞上大雪的凛冽，有着不同于中原的气势，有感而发，写下这首传唱至今的咏雪词。

◎赏析

这首词描写了天涯行役之苦，人如雪花般漂泊无依，体现了词人心中清高孤傲的悲凉之感。全词抛开了咏雪成规，把雪花当成像牡丹一样的花朵歌咏，营造出新奇的错位，表现出纳兰天马行空、自由挥洒而独出机杼的高超写作技巧。

“非关癖爱轻模样，冷处偏佳”，词人先设想一种责诘，然后对此责诘做出答复：自己所爱的不只是雪花的轻盈飘洒，而是它的冰雪精神。

“别有根芽，不是人间富贵花”，再跃进一层，雪花似花非花，它以无根为有根，六出之姿空灵莹洁，丝毫没有人间富贵花根深叶茂的繁复丰腴。这既是词人的审美选择，又是他对于富贵门阀种种束缚的逆反心态的投射。

“谢娘别后谁能惜，飘泊天涯”，纳兰词中多次出现“谢桥”“谢家庭院”，从咏雪转到谢娘，连接点是雪花的轻盈妩媚、莹洁玲珑，它令词人联想到和某一女子纯洁、朦胧的轻怜蜜爱。又从雪花的飘洒联想到自己的天涯漂泊。

“寒月悲笳，万里西风瀚海沙”，结尾宕开一笔，让这份羁旅的相思悲愁，融入寒月悲笳、浩荡西风、蔽日黄沙的荒漠瀚海之中。爱情的憾恨与人生的憾恨合成为一体，爱情得到升华，它由世俗的男欢女爱，升华为一种生命追求的审美化，既轻盈倩丽，又沉郁苍凉。

这首咏雪词颖异别致，“冷处偏佳。别有根芽，不是人间富贵花”，超出了历来咏雪诗词曾经有过的意象格局，神韵天成。词中对于塞外的茫茫飞雪，采用独到的视角进行描绘，其中隐含着词人自己深切的身世心性感慨，一种浓郁的凄楚苍凉，回荡其间。词的景象阔大，气韵沉厚，情境深邃，是纳兰性德边塞词的卓越之作。

◎轶闻异物录

才女谢道韫

谢道韫，生卒年不详，字令姜，东晋时女诗人，宰相谢安的侄女，安西将军谢奕的女儿，也是著名书法家王羲之次子王凝之的妻子。

谢道韫留下来的事迹不多，最著名的故事在《世说新语》中有记载：谢安在一个雪天和子侄们讨论可用何物比喻飞雪。谢安的侄子谢朗说“撒盐空中差可拟”，谢道韫则说“未若柳絮因风起”，因其比喻精妙而受到众人称许。也因为这个著名的故事，她与汉代的班昭、蔡琰等人被称为我国古代才女的代表，“咏絮之才”也成为后来人称许有文才的女性的常用词语。这段事迹为《三字经》“蔡文姬，能辨琴。谢道韫，能咏吟”提及。

在卢循孙恩之乱时，谢道韫的丈夫王凝之为会稽内史，但守备不力，逃出被抓后遭杀害。谢道韫听闻敌至，举措自若，拿刀出门杀敌数人才被抓。孙恩感其节义，故赦免道韫及其族人。王凝之死后，谢道韫在会稽独居，终生未改嫁。

采桑子·桃花羞作无情死

桃花羞作无情死，感激东风。吹落娇红[①]，飞入窗间伴懊侬[②]。

谁怜辛苦东阳[③]瘦，也为春慵[④]。不及芙蓉，一片幽情[⑤]冷处浓。

◎注释

① 娇红：鲜嫩的红色，这里指代鲜嫩的花。

② 懊侬：烦闷。这里指烦闷的人，也就是词人自己。

③ 东阳：指沈约，曾为东阳太守。唐姚思廉在《梁书·沈约传》中记载："沈约，永明末出守东阳……百日数旬革带常应移孔，以手握臂率计月小半分。"沈约操劳过度，日渐消瘦后，被世人称为"东阳销瘦""东阳瘦体"。

④ 春慵：春天的懒散情绪。

⑤ 幽情：深远的情思。一作"幽香"。

◎译文

桃花羞愧于无情地死去，要感谢东风，将艳丽的桃花吹落，飞入窗棂，陪伴着伤情的人共度残春。

有谁怜惜我像沈约一样日渐消瘦的身影，为春残懊恼，感到慵懒无聊。桃花虽然比不上芙蓉，但它的幽香在清冷处更浓。

◎创作背景

纳兰写这首词时年纪尚轻，早先他熟读四书五经，中举人后，在积极备考殿试时，突然得了风寒，失去了参加考试的机会。病中的纳兰有感而发，写下了这首《采桑子》。

◎赏析

这一首《采桑子》全词似伤春又不似伤春，是典型的以景蕴情的佳作。

“桃花羞作无情死，感激东风”，春阑花残，艳丽的桃花被东风吹落，飘零殆尽。然而，艳丽娇柔、多情婉转的桃花无法接受无情的死，多情的花总要有某种多情的死法。“感激东风”是观花的作者所发的感慨。

“吹落娇红，飞入窗间伴懊侬”，东风没有任落红零落成泥，而是把娇红的桃花吹进容若的小窗，让它来陪这个伤情的人共度残春。

“谁怜辛苦东阳瘦，也为春慵”，纳兰性德以沈约自况，形容自己像他一样病容憔悴、抑郁多疾。沈约是著名的美男子，且有才德，作者以沈约自比，既是说自己风流才俊，更是感伤自己身体单薄。交代了心境，也写出了实情。“也为春慵”，更是说明自己的身心如此慵懒，并非是为其他闲杂之事所累，只是春天就要结束了。

“不及芙蓉，一片幽情冷处浓”，虽然桃花妖艳，却比不上芙蓉的清幽芬芳。不过作者这里所说的芙蓉并不是荷花，传说唐朝人李固考试落第，游览蜀地，遇见一名老妇人对他说，他明年会在芙蓉镜下科举及第，再过二十年还有拜相之命。李固再次参加考试果然中第，而且榜上正好有“人镜芙蓉”一语，正应了老妇预言。“一片幽情冷处浓”，正是抒写了自己懊恼的“幽情”。

在这首小令中，作者抒发伤春自怜的淡淡哀伤。表面上看是一首伤春伤离之作，但实际上却是借着伤春抒伤怀之情。

四声八病

“四声八病”，是齐梁时期发现并运用于诗歌创作的声律要求。

四声：魏晋以来，我国声韵学受印度梵音学的影响，有了进一步发展，到了齐代，竟陵王萧子良开西邸，沈约、谢朓、王融等“竟陵八友”经常探讨诗艺。周颙发现汉字有平、上、去、入四种声调，始创《四声切韵》(已佚)。四声是声律论提出的前提和基础。

八病：沈约《四声谱》根据汉字四声和双声叠韵的特点，研究诗句中声、韵、调的配合，指出平头、上尾、蜂腰、鹤膝、大韵、小韵、旁纽、正纽八种五言诗应该避免的弊病，称为“八病”。

周颙、沈约等人将“四声八病”用于诗歌创作，务求“一简之内，音韵尽殊，两句之中，轻重悉异”。这一声律要求是永明体产生的基础。它使诗人具有了掌握和运用声律的自觉意识，对增加诗歌艺术形式的美感和艺术效果有积极意义。但同时，四声八病的要求过于繁琐，给诗歌创作带来不少困难。

采桑子·明月多情应笑我

明月多情应笑我[①]，笑我如今，辜负春心[②]，独自闲行独自吟。

近来怕说当时事，结遍兰襟[③]。月浅灯深，梦里云归何处寻？

◎注释

①多情应笑我：可笑我有如此多的柔情。
②春心：春日景色引发出的意兴和情怀。
③兰襟：像兰花香气一样芬芳的衣襟，这里比喻红颜知己。

◎译文

多情的明月应当嘲笑我的无情，嘲笑我辜负了她对我的柔情。如今她离我远去，我只能独自一人漫无目的地前行，悲伤歌吟。

不敢再提起当初的事情，那时我还和她情投意合、相亲相爱。惨淡的月光与灯影里，情人远去像梦里悠悠飘去的一朵白云。

◎创作背景

这首词的具体创作年份待考。关于这首词的写作有两种说法，一是怀友之作，二是为沈宛所写。

◎赏析

纳兰不仅看重爱情，也很注重友情，他“在贵不骄，处富能贫”，短短一生结交了不少朋友。不论这首词是他写给朋友的还是写给沈宛的，都是发自内心的感慨。

“明月多情应笑我，笑我如今，辜负春心”，明月是如此多情，一定会笑我此时的孤单落寞，辜负春心。

“独自闲行独自吟”，这样的意兴阑珊、茫然心绪，描摹与叙说近似白话，纳兰词的朴实自然可谓是独步天下。

“近来怕说当时事，结遍兰襟”，虽然朋友众多，但自古多情的人总是空惹烦恼，所以纳兰的一方闲章刻上“白伤多情”四字，也表明他由于“多情”而常给自己带来失落和惆怅。

“月浅灯深，梦里云归何处寻”，化用晏几道《清平乐》“梦云归处难寻，微凉暗人香襟。犹恨那回庭院，依前月浅灯深”句，平白直浅，流畅自然，意境幽深而不乏优美动人。

这首词非常细腻，先是写出纳兰低沉黯然的心情，同时烘托出怅然若失的心态。只有自己吟唱自己的孤独，因为他人不懂。之后词人便解释为什么自己会有如此沉郁的心情，因为害怕回首往昔，害怕提起当日的事情。因为往事不堪回首，纳兰面对的回忆不过是空城一座，他只有在城外兴叹。

◎轶闻异物录

晏几道

晏几道（1038年—1110年），北宋著名词人。字叔原，号小山，抚州临川文港沙河（今属江西南昌进贤县）人。晏殊第七子，与其父合称“二晏”。

历任颍昌府许田镇监、乾宁军通判、开封府判官等。性格孤傲，中年家道中落，饱尝世态炎凉。词风似父而造诣过之。工于言情，其小令语言清丽，感情深挚，尤负盛名。内容多写爱情生活，情感表达直率，是婉约派的重要作家，有《小山词》传世。

好事近[①]·何路向家园

何路向家园，历历[②]残山剩水。都把一春冷澹[③]，到麦秋天气[④]。

料应重发隔年花[⑤]，莫问花前事。纵使东风依旧，怕红颜不似。

◎注释

① 好事近：词牌名，又名“钓船笛”“倚秋千”“秦刷子”“翠圆枝”等。双调四十五字，前后段各四句，两仄韵。

② 历历：零落貌。

③ 冷澹：即冷淡，冷落、怠慢。

④ 麦秋天气：指农历四五月的麦熟时节。

⑤ 隔年花：去年的花。

◎译文

哪条才是回家的路？眼前处处都是残破的山水。这个春天冷清寡淡，转眼就到了麦子成熟的时节。

想到去年的花在这些天又会开放，但我没有欣赏的心情，就算春风还与去年一样，但红颜已不似。

◎创作背景

词人的妻子卢氏于康熙十六年（1677 年）五月三十日产后病故。康熙十七年五月初，词人随从康熙帝巡视郊畿，在归途中为了表达对卢氏的怀念之情，写下这首词。

◎赏析

这首词运用多种表现手法表达了词人对爱人的思念与眷恋，借爱情题材寄托内心的矛盾与痛苦。

“何路向家园”，乍看好像是没有道理的疑问，词人家在北京，任何一条大路都能通达。但在他的心目中，因为爱妻已死，今日的家园已非昔日的家园，要回到昔日的家园，已无路可通。

“历历残山剩水。都把一春冷澹，到麦秋天气”，由于心中忧伤，眼前的青山绿水也都染上一片愁容，变成了残山剩水。凄冷的春天已过，到了初夏割麦的时节。

“料应重发隔年花，莫问花前事”，去年这时节开的花，想必又开放了，因而词人想起过去与妻子在花前月下度过的恩爱时光，但这一切已不堪回首。

“纵使东风依旧，怕红颜不似”，以议论作结，今年的东风纵使能像去年的东风一样，今年的花亦能像去年的花一样开，而心爱的妻子不能死而复生，过去的恩爱不可能再有了。

全词写词人与妻子的再一次分别，词人在“残山剩水”的旅途之中，生发出了痛苦的相思之情。全词用的全是平淡语，结句似也无新意，但全都凸显了词人心境的悲凉。

◎轶闻异物录

纳兰之妻卢氏

康熙十三年（1674年），二十岁的纳兰迎娶了十八岁的卢氏，卢氏是典型的名门闺秀，父亲是康熙年间两广总督、兵部尚书卢兴祖，汉军镶白旗。

卢氏不仅貌美，而且很有才华。夫妻两人一起谈古论今，每次纳兰有新作品，卢氏都是第一个读者和第一个批评者，卢氏以堪比李清照的才学得到丈夫的欣赏与敬佩。

然而幸福的日子总是太短暂，婚后第三年，卢氏生下儿子海亮，产后身体一直很虚弱，纳兰想尽一切办法求医问药，绝望中甚至求助神仙，可卢氏还是永远离开了他。

卢氏去世后，她的灵柩在双林禅院停放了一年多，远远超过亲王贝勒的停放时间，纳兰违反礼制，只是坚信妻子并没有离开他。他时常住在禅院陪伴妻子，大量悼亡词由此出现，他的文学造诣达到巅峰，他也因此成为千古第一伤心人。

一络索[①]·长城

野火[②]拂云微绿，西风夜哭。苍茫雁翅列秋空，忆写向、屏山曲[③]。

山海几经翻覆，女墙[④]斜矗。看来费尽祖龙[⑤]心，毕竟为、谁家筑。

◎注释

① 一络索：此调又名“洛阳春”“一落索”“玉连环”等。有不同体格，俱为双调。此首为其一体，上、下片各四句，共四十六字。

② 野火：指磷火，俗称鬼火。

③ 屏山曲：如同屏风一样曲折的山形。此处代指绵延起伏的长城。

④ 女墙：城墙上的矮墙，这里代指城墙。

⑤ 祖龙：指秦始皇。语见西汉司马迁《史记·秦始皇本纪》，裴骃集解引苏林曰：“祖，始也；龙，人君象。谓始皇也。”

◎译文

鬼火闪着微微绿光在空中飞舞，行迹不定，仿佛与云天相接。夜里西风呼啸，如同鬼在哭号。苍茫秋空之上，大雁列队飞向远方。

江山曾将这景象，写进诗词，画进屏风。几度易主，长城箭垛斜斜矗立在山头。秦始皇当年为修长城煞费苦心，但如今看来，他这长城到底是为谁而建呢。

◎创作背景

这首词或写于康熙二十一年（1682 年）秋，当时容若出使梭龙，正值鬼节，面对眼前荒漠的残碑断碣，心有所感，写下该词。

◎赏析

这首词通过描写和叙述的手法，抒发对历史的心灵感悟，感情沉郁。

“野火拂云微绿，西风夜哭”，身处大漠深处的荒野，乱石山丛之中不时有绿色磷火闪烁，一直随风游离到天际，与云翳暗合相接。西风过山石，传来由远及近的飕飕嘶鸣之声，听来好不幽怨。词作一开头便展现出野火连天、秋风悲咽的凄厉悲壮景象。

“苍茫雁翅列秋空”，苍茫秋空，雁鸣摆阵，亦有雁翅划过的凛冽痕迹残存。词人将这一切尽收眼底，把边地秋日的辽阔之境写到了极致。

“忆写向、屏山曲”，是说自己曾将如此雁阵群山写进诗词，画进屏风，是大开大阖的灵动笔墨。

“山海几经翻覆，女墙斜矗”，想当初，秦始皇费心尽力，终于统一六国。又修筑了万里长城，然而几经山河变换、兴亡更替，不可一世的秦始皇又在哪里？六国破灭，好似一场梦幻；祖龙雄威，已非昔日，曾经的万里长城，也残破成了“女墙斜矗”。

“看来费尽祖龙心，毕竟为、谁家筑”，费尽心力的秦始皇，究竟是为谁修建绵延万里的巍巍长城呢？这可以说是即景抒情，但词人的忧患意识和苍凉悲感发人深思。

这首词有着双重的悲慨，历史如此无情，汰尽古今一切，盛衰兴亡都成陈迹，令人不胜悲慨。全篇幽思密布，惆怅低回缥缈，古今情与思乡情交织浑融，极尽哀婉凄恻。

◎轶闻异物录

秦长城

秦始皇三十三年（前 214 年），嬴政遣大将蒙恬北逐匈奴，又西起甘肃临洮（今甘肃岷县）、东至辽东筑长城万余里，以防匈奴南进，史称秦长城。它在固原地区境内，实际是在原先战国时期秦、赵、燕三国长城的基础上修建。东西横贯西吉、固原、彭阳三县。在固阳县城北七公里处的色尔腾山上，一条蜿蜒的巨龙盘亘静卧于崇山峻岭之间。远远望去，雄伟壮观，气势非凡。这就是秦长城。

秦长城是中华民族的瑰宝，也是世界建筑史上的奇迹，更是中华民族辉煌历史、灿烂文化的象征。如今虽然被历史的风雨剥蚀成了断垣残基，但仍以苍苍莽莽的气势、威武雄浑的壮阔，浓缩成了一种厚实的文化积淀，以永恒的苍凉和悲壮，永远留在华夏文明的史册里。

清平乐[1]·将愁[2]不去

将愁不去，秋色行难住。六曲屏山深院宇，日日风风雨雨。

雨晴篱菊初香，人言此日重阳。回首凉云[3]暮叶，黄昏无限思量。

◎注释

①清平乐：词牌名，又名“清平乐令”“醉东风”“忆萝月”。双调四十六字，八句。

②将愁：长久的愁。

③凉云：给人带来阴凉的云。

◎译文

秋意渐浓，心中的惆怅挥之不散。成天锁在深宅大院曲折的屏风后面。这些日子，风雨交加，我的心情异常灰暗。

雨过天晴，篱笆边的菊花发出缕缕清香。人们说今天是重阳，回头看凋残的秋云秋叶，黄昏时我不由得无限思量。

◎创作背景

这首词是否纳兰为一个女子所作不得而知，或者这根本就不是他为任何人所写的词，而只是他在重阳之时想起往昔，感怀往事的作品。

◎赏析

这首词是重阳节的感怀之作，写出了词人深埋心底的忧伤。

“将愁不去，秋色行难住”，愁苦无法挥去，连美丽的秋色都无可奈何。在秋色中想挥手赶走哀愁，无疑是愁上加愁，而纳兰丝毫不避讳自己对于忧郁的无能为力，坦然地告诉人们自己真的是“将愁不去”。或者正是因为这份坦白，纳兰的词更多了一种直白的魅力。

“六曲屏山深院宇，日日风风雨雨”，屏风掩映下的庭院，日日风雨，愁云惨淡。纳兰居住的庭院，为何会让他感到哀愁，其实境由心生，所谓的庭院深深，不过是自己内心凄苦，所以才看什么都显出一副悲凉模样。是谁让纳兰如此哀伤，是谁家的女子让纳兰眉头紧锁地立于窗前，无限恨，无限伤？

“雨晴篱菊初香，人言此日重阳”，天气放晴，菊花绽放，香气扑鼻。词人恍然大悟，原来正逢重阳之日。重阳是个让人伤感的节日，也是个思念故人的节日。纳兰身逢重阳，想起往日，感慨万千。今昔往日，多少不同，而今都从脑海中掠过，那些过往仿佛还历历在目。

“回首凉云暮叶，黄昏无限思量”，黄昏正在换取这一天最后的一抹阳光，暮色中的世界，覆上了迷离的光芒。黑暗即将到来，带走这一天的明亮。重阳节很快就会过去，第二天依然是崭新的一天。只是在这即将告别白日的时刻，纳兰回首天边的云朵和落叶，心头不禁思绪万千。

整首词意蕴深含，幽思惆怅，低回缥缈，耐人深思。

◎轶闻异物录

重阳节赏菊花

重阳节又称为菊花节，菊花，又称九花，在汉族古俗中，菊花象征长寿。重阳节正是一年的金秋时节，菊花盛开，赏菊也就成了重阳节习俗的组成部分。重阳节赏菊有祈求长生与延寿之意。所以，菊花又被称为“延寿客”。

据说，重阳节赏菊的风俗起源于晋朝大诗人陶渊明。陶渊明以隐居出名，以诗出名，以酒出名，也以爱菊出名，后人效之。旧时文人士大夫，还将赏菊与宴饮结合，以求和陶渊明更接近。

北宋京师开封重阳赏菊之风盛行，当时的菊花就有很多品种，千姿百态。民间还把农历九月称为“菊月”，在重阳节里观赏菊花成了节日的一项重要内容。

清代，北京重阳节的习俗是把菊花枝叶贴在门窗上，“解除凶秽，以招吉祥”，这是头上簪菊的变俗。清代以后，赏菊之习尤为昌盛，且不限于九月九日，但仍然以重阳节前后最为繁盛。

清平乐·凄凄切切[1]

凄凄切切，惨淡黄花节[2]。梦里砧（zhēn）声[3]浑未歇，那更乱蛩[4]（qióng）悲咽。

尘生燕子空楼[5]，抛残弦索[6]床头。一样晓风残月，而今触绪[7]添愁。

◎注释

①切切：哀怨忧伤的样子。

②黄花节：指重阳节。

③砧声：捣衣声。

④蛩：指蟋蟀。

⑤燕子空楼：源自唐代名妓关盼盼的典故。她是徐州镇守张愔的小妾。张愔死后，关盼盼独居徐州燕子楼，十五年不嫁。白居易与关盼盼有一面之交，写《燕子楼》诗相赠："满床明月满帘霜，被冷灯残拂卧床。燕子楼中霜月夜，秋来只为一人长。"

⑥弦索：弦乐器上的弦，这里指弦乐器。

⑦触绪：触动心绪。

◎译文

冷冷清清，又到了深秋时节，菊花开遍；夜深入梦之时，捣衣声仍没有停歇，杂乱鸣叫的蟋蟀声彻夜不断。

转眼人燕已去，只留空楼，无心弹奏把乐器丢。又是这般晓风残月，只是如今触动心绪，又添许多新愁。

◎创作背景

康熙十五年（1676年），纳兰性德再次参加进士考试，获得二甲第七名的成绩，康熙皇帝授予他三等侍卫官职。作为御前侍卫，他经常随驾游历四方，唱和诗词，但也尝到伴君如伴虎的滋味。这首词创作于作者任职御前侍卫的第二年（1677 年）。同时，也是作者在重阳节感爱妻之逝而写的悼亡词。

◎赏析

纳兰这首词紧扣各种声响展开，写物是人非之感，是一首触景伤情之作。

"凄凄切切，惨淡黄花节"，开篇道出内心悲凉，借重阳时节，抒写内心的情绪。纳兰用惨淡来形容黄花节，以示自己哀怨的心情。

"梦里砧声浑未歇，那更乱蛩悲咽"，词人在梦中听到捣衣的声音，似有似无，似悠远又似在耳旁。捣衣的声音还没有停下，耳畔又传来了蟋蟀的叫声，夜半时分，听起来让人揪心。重阳深夜，午夜梦回，却是如此凄惶的情景。梦醒时分，思及离人不再，倍感伤心。

"尘生燕子空楼，抛残弦索床头"，点出悼亡之情，让内心潮水汩汩流出。燕子楼在江苏徐州，这里借指亡妻的居室。因为妻子已经亡故，所以说"燕子空楼"。因为亡故已久，所以"尘生"，而床头的琴弦也早已束之高阁。

"一样晓风残月，而今触绪添愁"，柳永的"晓风残月"，似工笔小帧，无比清丽，客情冷落，风景清幽，离愁绵邈，皆凝于其中。然而词人在"晓风残月"前添了"一样"二字，就变"古语为吾语"了。送别之意尽去，悼亡之音更浓。"而今触绪添愁"，点明佳人已殒，睹物思人、触绪添愁的主旨，词人本就相思无绪的心怀，此时也就愈益伤情彻骨，无法排遣。

这首怀念故人的词，描写在重阳夜，阁楼上，晓风残月，故人不再。独自倚靠栏杆，想着往日种种。纳兰写词，从来都是淡如清水，却能够让这水波荡漾而起，带给后人无限的遐想和心疼。

◎轶闻异物录

关盼盼与燕子楼

唐代贞元年间，朝廷重臣、武宁军节度使张愔镇守徐州时，在府第中为爱妾关盼盼修建了一座小楼，因其飞檐挑角，形如飞燕，且年年春天南来燕子多栖息于此，所以叫作燕子楼。

贞元二十年（804 年），白居易任校书郎，途经徐州，与张愔饮宴，宴席间张愔让盼盼侍奉酒席。白居易当场写了两句诗赠给她："醉娇胜不得，风袅牡丹花。"两年之后，张愔病逝，葬于洛阳北邙山。关盼盼移居徐州城郊云龙山麓的燕子楼，为张愔守节，十余年未再嫁。

元和十年（815 年），曾在张愔手下任职多年、刚刚升职为司勋员外郎的张仲素在长安拜访白居易。他对关盼盼的生活十分了解，向白居易详细讲述了盼盼的故事，并给白居易看了自己为盼盼写的三首"燕子楼新咏"，白居易读后十分感慨，写下三首诗和答。从此，燕子楼成为历代文人不断吟咏的典故。

清平乐·忆梁汾[1]

才听夜雨，便觉秋如许。绕砌蛩螿[2]（jiāng）人不语，有梦转愁无据[3]。

乱山千叠横江[4]，忆君游倦[5]何方。知否小窗红烛，照人此夜凄凉。

◎注释

①梁汾：顾贞观，号梁汾，清代文学家。

②蛩螿：蟋蟀和寒蝉。

③无据：没有凭证。

④横江：横陈江上。

⑤游倦：厌倦了仕宦漂泊。

◎译文

刚刚听到窗外的雨声，就感到秋意已浓。是不是那蟋蟀和寒蝉的悲鸣声，让人在梦里产生无限哀怨。

乱山一片，横陈江上，你如今漂泊何方？是否知道，有人在小窗红烛之下，因为思念你而感到凄凉？

◎创作背景

这首词或写于康熙二十二年（1683年）秋。秋雨过后，凉意渐生，词人不禁想起了他乡的友人，写下了这首词。

◎赏析

这首词寓情于景，表达了对友人的思念，也抒发了自己内心的哀怨之情。

“才听夜雨，便觉秋如许。绕砌蛩螀人不语，有梦转愁无据”，刚刚听到窗外下雨，就已经感觉到浓浓的秋意。夜雨之中，更能听到蟋蟀和寒蝉的悲鸣声。秋意渐浓，蟋蟀和寒蝉也知道自己生命无多，叫声凄厉。在夜色中，更让人产生无限的哀怨。凄凄切切的情愫中，纳兰将思念友人的心情描述得如此悲切。

“乱山千叠横江，忆君游倦何方”，眼前乱石堆砌，远山横陈江上，江水滔滔，滚滚东流，不知道友人而今漂游到了何方，只能靠着思念回忆过去美好的日子。

“知否小窗红烛，照人此夜凄凉”，这是纳兰在反问友人，是否知道有人在思念你？是否会因为被思念而感到凄凉？友人自然是无法感受到纳兰千里外的思念的，但从纳兰的疑问，可以看出他的纯真心性。词的初衷是思念友人，但写到最后，却变成了纳兰的自哀。

全词运用借景抒情、寓情于景的表现手法，将思念友人的情感描述得格外悲切。

◎轶闻异物录

顾贞观义救友人

清顺治十五年（1658年），顾贞观好友吴兆骞因科场舞弊案被株连，流放宁古塔（今黑龙江宁安）。顾贞观为好友蒙受不白之冤感到怨痛，立下“必归季子”的誓言。但这个案件是顺治皇帝钦定，康熙皇帝并无昭雪之意，当顾贞观接到吴兆骞从流放地寄来的信时，才知吴的苦况。

顾贞观请求纳兰性德在明珠面前为吴说情，奔走于权贵之门，希望他们顾念旧情，为营救吴兆骞助一臂之力。谁知世态炎凉，这些已飞黄腾达的人根本不愿出头。顾贞观挥笔写下了《金缕曲》二首，作为给吴兆骞的回信。这种忠贞生死之谊，至情之作，被人传诵为“赎命词”。

清平乐·塞鸿[1]去矣

塞鸿去矣，锦字[2]何时寄？记得灯前佯忍泪，却问明朝行未。

别来几度如珪[3]，飘零落叶成堆。一种晓寒残梦，凄凉毕竟因谁？

◎注释

①塞鸿：边塞之雁。秋季南飞，春季北返。古诗文中常以之比喻远离家乡、漂泊在外的人。

②锦字：代指书信。

③珪：同“圭”，本为长条形玉器，这里借喻月圆而缺。

◎译文

塞外的鸿雁已经飞走，家书什么时候才能寄出？记得分别时，你在灯前强忍着离别的眼泪，却问我明天是否出发远行。

分别之后，月亮几度圆缺，如今已是落叶成堆的深秋时节。深秋寒意里，我们做着同样的梦，这份凄凉到底因谁而起？

◎创作背景

纳兰性德自康熙十五年（1676年）受命为三等侍卫，多次奉驾扈游塞外，常与爱妻分离。这首词就是他于塞上相思的怨离之作。

◎赏析

全词多处用“塞鸿”“落叶”等典型的意象渲染离情，用“佯忍泪”“却问”等生动的细节表达情意，将相思和凄楚之情表达得淋漓尽致。

“塞鸿去矣，锦字何时寄”，望着塞上的鸿雁向南飞去，容若不禁长思妻子的书信何时才能寄到。

“记得灯前佯忍泪，却问明朝行未”，由盼望家书到来，转为追忆与她分别时的情景，呈现出一幅既温馨又感伤的画面：妻子忍着眼泪为丈夫打点行装，却小心翼翼地询问明天是否就要离开。她多么希望能从丈夫嘴里得到不走的消息，哪怕只是推迟一天。一往情深的夫妻感情，从只言片语中浓重地渲染出来，让读者感动不已。

“别来几度如珪，飘零落叶成堆”，说分离时间的长久，点出秋色已深，渲染了离情的凄苦。算算又过了好些日子，月亮圆了又缺，随风飘落的叶子叠了一层又一层。词人每天都在寒冷中醒来，连一个完整的梦都不曾有，这些只因为没有妻子在身边陪伴，嘘寒问暖。

“一种晓寒残梦，凄凉毕竟因谁”，以残梦凄凉绾结，突出了孤独难耐、相思怨别的深情。残梦凄凉，容若的深情向来不容置疑，想必他的妻子，也一样思念堆积。

全词婉转哀怨，伤感无限。若隐若现的字眼，更是透露出词人千般的情事，显得韵味十足。

◎轶闻异物录

才女苏蕙的璇玑图

苏蕙，字若兰，十六国时期东扶风（今陕西咸阳武功）人，公元357年出生。她容貌秀丽，举止娴雅。其夫窦滔因厌战不从军令，被革职发配流沙，纳歌女赵阳台为妾。窦滔奉命出镇襄阳，本欲携妻妾同往，可苏蕙为赵妾之事赌气不从，窦滔只得带着赵阳台赴任。苏蕙独守空闺，日子稍长，便感寂寞难耐，只好用吟诗作文来排遣孤寂的时光。她将所写诗词编排整理暗藏在二十九行、二十九列的文字里，织在八寸锦缎上。她把这副锦缎命名为“璇玑图”。苏蕙把璇玑图送交窦滔。窦滔捧着“璇玑图”，细细体味，读出了妻子对自己的深情，便将赵阳台送回关中，派人到长安接来了苏蕙，从此夫妻两人白头偕老。

璇玑图本八百四十字，后人在图最中央添一“心”字，成八百四十一字，婉转循环皆可成诗，以意推求，可得三、四、五、六、七言诗七千九百五十八首。

清平乐·上元[1]月蚀

瑶华映阙[2](què),烘散蓂(míng)墀[3](chí)雪。比拟[4]寻常清景[5]别，第一团圆时节。

影娥[6]忽泛初弦[7],分辉借与宫莲[8]。七宝[9]修成合璧[10],重轮[11]岁岁中天[12]。

◎注释

①上元：农历正月十五，又称上元节、灯节。

②瑶华映阙：入蚀的月亮仿佛是光彩照人的美玉一般映照着宫阙。瑶华：美玉。

③蓂墀：生长着蓂荚的宫殿台阶。蓂：传说中的瑞草。墀：台阶，也指台阶上的空地。

④比拟：比较，对照。

⑤清景：清光。

⑥影娥：指影娥池，汉代未央宫中池名。此池本为赏月开凿，后代指清可鉴月的水池。

⑦初弦：上弦月，指阴历每月初七、初八的月亮。其时月如弓弦，故称。

⑧宫莲：莲花瓣的美称，这里指宫灯。

⑨七宝：古代民间传说，月由七宝合成。

⑩合璧：两个半璧合成一圆形，称之为合璧。

⑪重轮：月亮周围的光线经过云层冰晶折射而形成的光圈，古代以为是祥瑞的征兆。

⑫中天：高空中。

◎译文

清冷月光映彻宫阙，照在长着瑞草的殿阶前，洁白如雪。与寻常的月夜景色不同，这是一年中的第一个月圆时节。

忽然，影娥池倒映的天空如新月般暗淡，只能借庭院里的莲花宫灯添彩，七种珍宝缀饰圆月，外围光圈年年高悬。

◎创作背景

关于此词的写作时间，一说写于康熙四年（1665 年），时年作者十岁。

◎赏析

这首词描写月食全用白描，描写了月食的全过程及各种不同的景象，暗含了对于大自然奇观的由衷赞叹。

“瑶华映阙”，瑶华散发出的光芒自然而美丽，在夜色中久久不能散去。纳兰用瑶华来写月光，更是突出了月色的清冷，仿佛美玉一般动人心魄。

“烘散蓂墀雪”，《竹书纪年》载：“有草夹阶而生，月朔始生一荚，月半而生十五荚：十六日以后，日落一荚，及晦而尽；月小，则一荚焦而不落。名蓂荚，一曰历荚。”相传，唐尧观蓂而知月。虽然这只是关于月亮的一个美好传说，可是用在此处，更显出朦胧诗意。

“比拟寻常清景别，第一团圆时节”，今年的景象和往年比较起来，更加朦胧与梦幻。到底是月食与以往有所不同，还是作者的心境与以往有所不同，很难说清。但人心浮动，所看到的景物自然也有所不同。

“影蛾忽泛初弦，分辉借与宫莲”，写月食刚开始的情景，神话与现实相结合，忽而梦幻，忽而真切，十分美妙。

“七宝修成合璧，重轮岁岁中天”，经历过月食后，月光重新洒满人间，让人有种劫后重逢的喜悦。

这首词不仅写出了月食的场景，更写出了人心内激荡起伏的一面，在纳兰词中属于上品。

七　宝

七宝，指七种珍宝，又称七珍。历朝历代的七宝种类各有不同。汉代的七宝为金、银、琉璃、水晶、砗磲、珊瑚、琥珀；曹魏时期所称七宝为紫金、白银、琉璃、水晶、砗磲、珊瑚、琥珀；唐代的七宝为黄金、白银、琉璃、颇梨、美玉、赤珠、琥珀；宋代的七宝为黄金、白银、琉璃、颇梨、砗磲、珍珠、琥珀。

忆秦娥[①]·龙潭口[②]

山重叠，悬崖一线天疑裂[③]。天疑裂，断碑题字，古苔横啮[④]。

风声雷动鸣金铁[⑤]，阴森潭底蛟龙窟。蛟龙窟，兴亡满眼，旧时明月。

◎注释

① 忆秦娥：词牌名，又名“秦楼月”“玉交枝”“碧云深”等。此调有多种不同体格，都是双调。本首为其中一体，上下阕各五句，共四十六字。

② 龙潭口：地处清代吉林府伊通州西南，即今吉林省吉林市东郊龙潭山。“龙潭印月”是当地名胜古迹。

③ 一线天疑裂：群山环绕，天空只露一线，仿佛天幕裂开。

④ 古苔横啮：断裂的石碑上长满了苍苔，那苍苔好像在啃咬着碑文。

⑤ 鸣金铁：形容风雷声浩大，如同金钲戈矛撞击之声。

◎译文

层层山峦重叠掩映，从悬崖下往上看，天空只露一线，好像要断裂开来。断裂的石碑上长满了苍苔，那陈年苍苔好像啃咬着碑文。

风声如雷鸣一样，发出似金钲戈矛撞击的声音，阴森森的潭底应该是蛟龙的洞穴。旧时的明月仍在，照耀过多少时代的兴亡终结。

◎创作背景

康熙二十一年（1682 年）春，纳兰扈从康熙帝东巡，路过此地，这首词应为那时所写。

◎赏析

这首词由自然景物描写过渡到对历史的兴亡之叹和惆怅之情的和鸣，笔调苍凉，寄慨遥深。

“山重叠，悬崖一线天疑裂”，似乎闭上眼睛就可以看到那割裂一线的天空，两边悬崖峭立，断碑上生满了苔藓，原先的碑文已模糊不清。秀丽的景色间不经意地流露出了一丝苍凉。两边峭立着的悬崖遮挡了整个天空，只留下如同裂开的一条线。在此处作者运用了夸张的手法，将景物描写推到了极致。

“天疑裂，断碑题字，古苔横啮”，面对此情此景，词人顿生悲凄，而像金戈铁矛撞击声一样的风声更令他将这种悲凄推至一个制高点。

“风声雷动鸣金铁，阴森潭底蛟龙窟”，纳兰词中极少有这样壮阔的句子，不但令人体会到了龙潭口的险峻，同时也表达了作者心中的苍凉。

“蛟龙窟，兴亡满眼，旧时明月”，明月仍然是那轮明月，可世上又有多少事不断地兴亡交替。这几句令人心中顿生物是人非的感觉。黑龙潭的山色浸染了纳兰尚未尘封的心灵，更激发了他胸中那种自由浪漫的天性。遥想古人，可以仗剑走天涯，做自己喜欢做的事，看自己喜欢看的风景，词人忍不住也跃跃欲试。

全词苍凉慷慨，情感深致，感人至深，在纳兰词中别具一格。

龙 潭 山

龙潭山在吉林省吉林市东部，与朱雀山、玄天岭、小白山合称吉林四大名山。这里风景幽美，是旅游度假胜地。

龙潭山因位于西北角山麓一个称为龙潭的秀丽水池而得名。龙潭长约五十三米，宽约二十六米，深九米。叠石为堤，水清见底，每当皓月悬空，倒影荡漾湖心，那就是让人流连忘返的“龙潭印月”。

画堂春[1]·一生一代一双人[2]

一生一代一双人，争教两处销魂[3]。相思相望不相亲，天为谁春？

浆向蓝桥[4]易乞，药成碧海难奔[5]。若容相访饮牛津[6]，相对忘贫。

◎注释

①画堂春：词牌名，又名“画堂春令”“万峰攒翠”等。双调四十七字。

②一生一代一双人：一生一世，天作之合，两人共度。最早出自唐代骆宾王《代女道士王灵妃赠道士李荣》：“相怜相念倍相亲，一生一代一双人。”

③销魂：形容极度悲伤、愁苦或极度欢乐。

④蓝桥：地名，在陕西蓝田县东南蓝溪上。传说此处有仙窟，为裴航遇仙女云英处。此处用这一典故是表明自己曾经有过“蓝桥之遇”，且殊为难得。

⑤药成碧海难奔：唐李商隐《嫦娥》诗云：“嫦娥应悔偷灵药，碧海青天夜夜心。”这里借用此典，意思是纵有深情却难以相见。

⑥饮牛津：传说中的天河边，这里借指与恋人相会的地方。

◎译文

明明是能够共度一生一世的两个人，命运却偏偏安排他们两地分离，不能在一起。相思相望，而又不能相亲相爱，那么这春天又是为谁而来？

蓝桥相遇并不算难事，难的是即使有不死灵药，也不能像嫦娥那样飞入月宫与她相会。如果像牛郎织女渡过天河团聚，日子再苦也心甘情愿。

◎创作背景

纳兰性德与表妹青梅竹马，但表妹被康熙纳为妃子。纳兰性德对心上人的爱恋，只能通过这首词遥寄。另外也有人认为这首词是悼念亡妻之作。

◎赏析

这首《画堂春》与容若以往大多数描写爱情的词不同，以往容若的爱情词缠绵悱恻，动情至深处仅仅带着遗憾和感伤，是呢喃自语。而这首词仿佛换了一个人，急促的爱情表白，多了几分呼天抢地的悲怆。

“一生一代一双人，争教两处销魂”，天造地设的一对佳人，偏偏要经受上天的考验，无法在一起，只能各自销魂神伤。这样的句子，并不曾经过眉间心上的仔细构思，而是脱口而出，浑然天成。

“相思相望不相亲，天为谁春”，相亲相爱却不能相守，这春天又是为谁而来？词人的指天怒问让人叹息，真是情何以堪。

“浆向蓝桥易乞”，裴航从樊夫人的诗句得到启示，千辛万苦娶到自己爱慕的云英。词人用这个典故，其实是想说裴航那样的际遇于他而言，也是有过的，但他也遇到了如同裴航一样的大难题，可毫无解决办法，故而苦闷万分。

“药成碧海难奔”，即使现在有不死灵药也是无可奈何，在词人眼里，心上人正像月宫之中孤零零的嫦娥仙女，冷冷清清，与他天人永隔，寂寥半生。

“若容相访饮牛津，相对忘贫”，这也是典故。传说大海尽头是天河，有人每年八月乘槎于天河与人间往返，好奇的人便开始效仿。漂流数日后，那人见到了城镇房屋，还有男耕女织的人们。他向一个男子打听这是什么地方，男子告诉他去蜀郡问问神算严君平便知。严君平掐指一算，居然算出那里是牛郎织女相会之地。词人这里是说自己虽然知道心中爱的人与自己无缘，但还是渴望有一天能够与她相逢，在天河相亲相爱。结句有意让词意由“饮牛津”过渡到“牛衣对泣”，他出身豪门，现在用“相对忘贫”，无非是说如果他能同她相见，便是做睡在牛衣中的贫贱夫妇也心甘情愿。

小令一般以频繁用典为大忌，而这首词用典讲究，没有堆砌感，全词直抒胸臆，落落大方，将一段苦恋无果乃至悲痛终生的感情完美呈现，丝毫没有其他爱情词中的委婉含蓄，表明词人与恋人纵然无法相守也保留着一线美好的愿望，是传唱至今的名篇。

◎轶闻异物录

嫦娥奔月

嫦娥奔月是我国上古时代神话故事，源自古人对星辰的崇拜，现存最早文字记载在《淮南子》中。对嫦娥奔月的说法，众说纷纭：

为人所逼版：嫦娥被丈夫后羿的徒弟逄蒙所逼，无奈之下，吃下了西王母赐给后羿的一粒不死之药，飞到月宫。乡亲们思念好心的嫦娥，就在院子里摆上嫦娥平日爱吃的食品，为她遥遥地祈祷祝福。从此，每年八月十五，就成了人们企盼团圆的中秋佳节。

抛夫独吞版：嫦娥知道后羿有不死之药，就偷吃不死药，飞到月宫。

后羿赠药版：据《墉城集仙录》记载：“吴姮娥，羿妻也，羿司射卫黄帝之宫，入宫得琼药之丹以与姮娥，服，飞入月宫，为月中之官。”

拯救黎民版：羿是远古有穷国的国王，力大无穷、善射，但性格残暴，滥施苛政，民不聊生。羿想长生不老，从王母娘娘那里拿来仙药。嫦娥为使百姓免受羿长期残暴统治，吃仙药，化作仙女飘向月宫。

后羿不忠版：屈原《天问》中说：后羿成为射日英雄后，与河伯妻子发生暧昧关系，嫦娥一气之下偷了后羿仙药，成了月宫中的神女。

眼儿媚[①]·重见星娥[②]碧海槎[③]

重见星娥碧海槎，忍笑却盘鸦[④]。寻常多少，月明风细，今夜偏佳。

休笼彩笔闲书字，街鼓[⑤]已三挝[⑥]（zhuā）。烟丝欲袅，露光微泫[⑦]（xuàn），春在桃花。

◎注释

①眼儿媚：词牌名，又名“秋波媚”“小阑干”“东风寒”等，双调四十八字。

②星娥：指织女。

③槎：木筏。据西晋张华《博物志》记载：“旧说云：天河与海通，近世有人居海滨者，年年八月有浮槎去。”

④盘鸦：女子梳头，又指发髻。

⑤街鼓：更鼓，多设于谯楼。

⑥挝：击鼓。

⑦微泫：水珠慢慢滴落。

◎译文

终于再次见到你那美丽的容颜，你强忍笑意盘起乌黑的发髻，仿佛天上的仙女。风和月明的美景，往日虽也有，但今夜胜过往昔。

不再拈笔写什么字，夜已经很深很深，街上已敲过了三更鼓，我还是喜意深沉。香烟缭绕中，更见得你人面如桃花，光彩可照人。

◎创作背景

纳兰词总与愁脱不了关系，但这首词中洋溢着喜悦之情。他身为帝王近侍，经常要护驾出巡。当纳兰再次见到卢氏，非常惊喜，于是创作了这首词。

◎赏析

这是一首爱情词，写与爱妻重逢的喜悦。词中没有往日的阴沉与忧伤，而是显露出一种欢快，这在容若的词作中实属少见。

“重见星娥碧海槎，忍笑却盘鸦”，开篇便毫无顾忌地抒写自己的喜悦，词人一向是个含蓄的人，直白地表述情感并不多见，可见，他再次与爱妻团聚是多么高兴。重新见到美丽的妻子，看到她的笑脸盈盈，人世间有再多的烦忧，也该忘却了。

“寻常多少，月明风细，今夜偏佳”，字字透露着掩盖不住的喜悦，这时的词人一心沉浸在与爱妻团圆的兴奋之中。

“休笼彩笔闲书字，街鼓已三挝”，下片的开头也同样平淡无奇，不需要再提笔写任何东西了，夜已经深了，街上敲过了三更鼓，可是喜悦之情，依然无法退去。这简简单单的情感表述，胜过千言万语的赞美。话虽如此，在词的最后，依然充满了溢美之词。

“烟丝欲袅，露光微泫，春在桃花”，妻子光彩照人，犹如桃花一般的面庞在词人眼中无疑是最美的，他在这一夜欣赏美，享受美。

全词笔调轻快灵动，恬静自然，一字不谈情，却字字都透着情，回味无穷。是纳兰词中不多见的快意之作。

◎轶闻异物录

古代女子发型

发型与冠戴既能增加女子仪容的俊美，又能体现女子的年龄与身份特点。古代《髻鬟品》就记载了百余种女子的发型，其名虽多，但基本上是按髻的形态与装饰而命名的。古代女子发型变化，基本上是按梳、绾、鬟、结、盘、叠、鬓等变化而成，再饰以各种簪、钗、步摇、珠花等首饰，因此研究女子发型主要是探讨其梳编形式与规律。据古代相关作品记载，女子发型大致可分为结鬟式、拧旋式、盘叠式、结椎式、反绾式、双挂式等六类。

眼儿媚·咏梅

莫把琼花[①]比澹妆[②]，谁似白霓裳[③]。别样清幽，自然标格[④]，莫近东墙[⑤]。

冰肌玉骨天分付[⑥]，兼付与凄凉。可怜遥夜，冷烟和月，疏影[⑦]横窗。

◎注释

①琼花：又称聚八仙、蝴蝶花，忍冬科落叶半常绿灌木。每年四五月间开花，花大如盘，洁白如玉。

②澹妆：一作"淡妆"。

③霓裳：古代传说神仙以云为裳，这里比喻梅花的色泽形貌。

④标格：风范，风度。

⑤东墙：比喻美丽多情的女子。

⑥天分付：上天赋予的。

⑦疏影：疏朗的影子，形容梅花形貌。

◎译文

不要以为琼花淡雅素装，谁又似这云霞般的神仙衣裳。是那样的清新幽静，自然是风姿摇曳，仪态优美，别靠近东边的墙垣。

梅花的颜色风姿是上天恩赐，带着一些孤寂冷淡。可怜漫漫长夜，花有月光相伴，耐寒而艳丽，（只有）稀疏的梅花花影散落在（我的）窗前。

◎创作背景

这首词的具体创作时间待考。有观点认为是纳兰写给表妹的。

◎赏析

这首词写梅花的美丽色泽和孤傲不群的脱俗气质，笔调优美，也暗含了作者自况。

“莫把琼花比澹妆，谁似白霓裳”，不要把琼花当成梅的淡雅妆饰，梅自身就有着白色霓裳的美丽。琼花虽轻灵脱俗，却没有梅的一缕香魂，因而这样纯洁幽香、超凡脱俗的美，只有梅才有。

“别样清幽，自然标格，莫近东墙”，在这雪花飞舞的寒冬，梅是清幽的。百花凋零，草木萧条，梅却散发幽香，灿烂微笑。不要走近东墙接近它。梅花不是什么名贵之花。它是严冬万物萧条中的一抹淡雅，因而它美得凄绝。梅花是美的，但它生性高洁，宁可抱香枝上老，也不随黄叶舞西风。梅的冰清玉洁，让人心生敬仰。

“冰肌玉骨天分付，兼付与凄凉”，梅的冰肌玉骨是上苍的恩赐。它不同于尘世中的俗花，因而，上苍除了赐予它冰肌玉骨的风采，同时还给它孤高、寥落和凄凉。

“可怜遥夜，冷烟和月，疏影横窗”，寒冷的冬夜，清冷的雾和清凉的月笼罩着它，只留一束疏散的影子横映在窗纱。词人把整个凄冷的氛围传递给读者，让我们和他一同感受那样的情怀。

这首词中多处化用前人诗词，但妙笔天成，神韵自出，别有意境。词人通篇没有写一个“梅”字，却字字句句都在写梅；通篇没有写一个“人”字，却无处不见人的影子。写梅花的品格，实是写人的品格。词中满是对梅骨、梅神、梅魂的咏叹和赞美。情到深处情转薄，才有“莫近东墙”之说。

词人不爱春天里的万紫千红，却独爱严冬里在烟雾和冷月笼罩下的梅花。借梅花写人，才是作者的真意。

◎轶闻异物录

宋　玉

宋玉，又名子渊，相传是屈原的学生，我国古代四大美男子之一，战国时鄢（今襄樊宜城）人。曾事楚顷襄王。好辞赋，为屈原之后著名辞赋家，与唐勒、景差齐名。相传所作辞赋甚多，《汉书·卷三十·艺文志第十》录有其赋十六篇，今多亡佚。流传作品有《九辨》《风赋》《高唐赋》《登徒子好色赋》等，但后三篇有人怀疑不是他所作。所谓“下里巴人”“阳春白雪”“曲高和寡”的典故皆由他而来。

摊破浣溪沙[①]·林下[②]荒苔道韫家

林下荒苔道韫家，生怜玉骨[③]委尘沙。愁向风前无处说，数归鸦。

半世浮萍随逝水，一宵冷雨葬名花[④]。魂是柳绵吹欲碎，绕天涯。

◎注释

① 摊破浣溪沙：词牌名，又名“山花子”“添字浣溪沙”“感恩多令”等。双调，四十八字，上片三平韵，下片两平韵，过片两句多用对偶。

② 林下：幽僻的环境，引申为退隐或退隐的地方。

③ 玉骨：清瘦纤丽的身架，多用来形容女子美好的体态。

④ 名花：名贵的花，词中指像名花一样的美人。

◎译文

林下僻静之地是谢道韫的家，如今荒苔遍地，可怜她的玉骨早被埋进一片荒沙。临风而立，生死离愁无处诉说，只能去数黄昏归来的乌鸦。

半生命运就如同随水漂流的浮萍，无情的冷雨，一夜之间把名贵的花尽数摧残凋亡。那一缕芳魂是否化为柳絮，终日在天涯飘荡。

◎创作背景

纳兰之妻卢氏于康熙十六年（1677 年）五月三十日病故，康熙十七年（1678 年）七月下葬。纳兰和卢氏感情深厚，他痛惜妻子的不幸早逝，在亡妻下葬后，他悲痛欲绝，写了这首词。

◎赏析

这首词是纳兰怀念亡妻的作品，表达了一段刻骨铭心的爱恋之情。

“林下荒苔道韫家”，林下是隐居之处，道韫自然是指谢道韫，后人从谢道韫的姓氏引申为“谢娘”，这个称呼则可以作为一切心爱女子的代称。作者写“林下荒苔道韫家”，应当是在怀人。

“生怜玉骨委尘沙”，可作三种解释。生：这里是“非常”的意思，而“玉骨委尘沙”既可以指女子之死，也可以指柳絮沾泥，还可以是雪花落地。这里采取第一种解释。

“愁向风前无处说，数归鸦”，乌鸦都在黄昏归巢，归鸦便带出了黄昏暮色的感觉，归鸦已是愁无尽，前面再加个“数”字，化用辛弃疾“佳人何处，数尽归鸦”，更显得惆怅无聊。

“半世浮萍随逝水，一宵冷雨葬名花”，这是一组对句，工整冶丽。上句是柳絮入水化为浮萍的传说，“半世”与“一宵”，时间上一个极长，一个极短，对比突兀陡峭。再仔细推敲，“半世浮萍随逝水”应当是说作者自己，“一宵冷雨葬名花”则是说所咏的人或所咏的物。

“魂是柳绵吹欲碎，绕天涯”，化用“教人魂梦逐杨花、绕天涯”，却明显比原词更高一筹。以柳絮比拟魂魄，“吹欲碎”双关心碎，“绕天涯”更归结出永恒和漂泊无定的意象，表示情绪低沉到了极点。

这首词以极缠绵轻灵之笔写极沉痛抑郁之情，情中有景，景中有情，朴素真挚，凄切可感。

◎轶闻异物录

林下之风

会稽文风鼎盛，莘莘学子时常前来向谢道韫请教。此时她已逾知天命之年，曾在堂上设一素色帘帏，端坐其中，谈笑自若。虽然未曾设帐授徒，但实际上从事着传道、授业、解惑的工作，受益的学子不计其数，都以师道尊称她。孙恩之乱既平，新任太守刘柳素拜访谢道韫。事后刘柳素常对人说：“内史夫人风致高远，词理无滞，诚挚感人，一席谈论，受惠无穷。”在当时能够与谢道韫相提并论的只有同郡的张彤云，张彤云是张玄的妹妹，论家世自然不及谢家，论才情却不相上下，张彤云嫁到顾家。朱、张、顾、陆是江南的四大世家，张玄也常常夸赞自己的妹妹比得上谢道韫。有一个叫济尼的人，常常出入王、顾两家，有人问济尼，谢道韫与张彤云谁更好一些，济尼说道：“王夫人神清散朗，故有林下风气；顾家妇清心玉映，自有闺房之秀。”二人各有所长，大家都认为评论还算公允。但是以气度而言，很明显林下之风胜于闺房之秀。

摊破浣溪沙·风絮飘残已化萍

风絮飘残已化萍，泥莲[1]刚倩[2]藕丝萦；珍重别拈[3]香一瓣，记前生。

人到情多情转薄，而今真个悔多情；又到断肠回首处，泪偷零[4]。

◎注释

① 泥莲：荷塘中的莲花，出淤泥而不染。
② 倩：请，恳请。这里是说莲花被藕丝缠绕。
③ 拈：用手指取物，轻轻搓转。
④ 零：动词，流下。

◎译文

风中残留的柳絮飞到水面化为浮萍，河泥中的莲花虽然刚劲果断，但它的茎却丝丝不断、萦绕不停。别离时拈一瓣花赠予对方，纪念以前的事情。

人们常说，人一旦多情了，他的情感就不会很深很浓，现在我真的悔恨曾经的多情。我回到伤心离别的旧地，泪水禁不住悄悄流下，如雨飘零。

◎创作背景

康熙十六年（1677 年），词人的妻子卢氏因难产而死，词人为了悼念亡妻，抒发自己内心的伤感之情，写下了这首词。

◎赏析

风絮飘残、莲花盛开的季节，词人回忆起逝世的爱妻。拈起一瓣馨香，追忆她生前的美好情景，表达词人对亡妻的思念之情。

“风絮飘残已化萍”，絮化为萍表达妻子亡故，以“飘残”而感知季节之悲，同时也是人生之秋的写照。

“泥莲刚倩藕丝萦”，藕已断而丝尚连，虽然一生一死，天人永隔，情偏偏未断，自己对亡妻仍思念不断，这既是实景，也是不绝的情思。

“珍重别拈香一瓣，记前生”，追忆当初，词人嘱咐妻子千万要另烧一炷结愿香，不要忘记前生的情分，来生重寻旧好，再结良缘。情重更见心苦。

“人到情多情转薄，而今真个悔多情”，作者后悔妻子在世时，没有对她深情相待，自觉对她薄情。如今想来人在的时候没有好好珍惜，而今人不在了，只能偷偷流泪。“悔”字为反语，不悔之意。这是对于“情”的一种特殊感受，是更深沉的情的告白。

“又到断肠回首处，泪偷零”，是真情的率性表露，“断肠”和“泪”是因多情而伤痛彻骨，凄苦惆怅。

全词以景起笔，因景诱情，由哀生怨，由怨生悔，情深意苦，感人至深。

◎轶闻异物录

赏　荷

荷花，第一天开放时会先打开一部分花苞，第二天才会全部打开，因此，第二天早晨欣赏开放的荷花是最好的时间。一般来说，早晨六点半到七点，是荷花开放的最佳时间，到上午十点左右，荷花就慢慢闭合。荷花绽放的时间不超过七天，从第三天开始日渐凋零，开到后期，用手指一碰，花瓣就会全部掉光，把养分用来育莲蓬，繁殖下一代。

青衫湿[①]·悼亡

近来无限伤心事，谁与话长更[②]？从教分付[③]，绿窗红泪[④]，早雁初莺[⑤]。

当时领略，而今断送，总负多情。忽疑君到，漆灯[⑥]风飐[⑦]（zhǎn），痴数春星[⑧]。

◎注释

① 青衫湿：词牌名，双调四十八字，有平韵、仄韵两体。

② 长更：长夜。

③ 从教分付：一切都听其安排。

④ 绿窗红泪：白天窗外一片绿色，夜晚红蜡默默燃烧。绿窗：指窗外绿景。红泪：原指红烛的蜡液，这里指伤离或死别的眼泪。

⑤ 早雁初莺：这里是说春去秋来，形容时光流逝。

⑥ 漆灯：明亮如漆的灯。南朝刘义庆《世说新语》中，王羲之见杜宏治，叹曰："面如凝脂，目如点漆，此真神仙中人。"

⑦ 风飐：风吹之意。飐：风吹使物颤动。

⑧ 痴数春星：痴情地数着天上的星斗。

◎译文

最近有太多的伤心事，这漫漫长夜我能与谁倾诉？一切听从命运的安排，早春时节，窗外绿影婆娑，大雁归来，黄莺歌舞，任泪流满面。

当年与你欣赏美景，如今失去机会，辜负往日一片深情。我以为是你的魂魄回来了，因为忽然一阵风吹，明灯随风摇动，而我只能痴情地数星等待。

◎创作背景

这首词创作时间待考。纳兰与妻子卢氏伉俪情深，卢氏早逝，给纳兰的精神造成了极大的打击，他悲痛欲绝，写了大量的悼亡之作。在纳兰三百多首词中，这类词占了相当大的比重。

◎赏析

此词为悼念亡妻而作，词题点明主旨。全词情深意远，流露出词人对亡妻的痴情。

“近来无限伤心事”，作者一开篇便写出了自己内心的伤感，最近的无数伤心事，都只得埋藏在自己心里，因为无处可以诉说。营造出一种佳人早已离去，知心话无人可诉的孤独悲伤氛围。

“谁与话长更”，以反问的语气写漫漫长夜，无人与共。词人在傍晚时分就已开始为长夜而烦恼，满心愁怨堆积。

“从教分付，绿窗红泪，早雁初莺”，自己的思念无济于事，生活还要继续下去，但就是无法控制内心的思念，一想到从前，便忍不住泪如雨下，悲痛欲绝。抬眼望向窗外，早雁初莺，竟不知美人红泪。“红泪”既写屋内蜡烛燃烧淌下红泪的实景，又写词人心中臆想多情的美人泣泪，流露出词人孤单落寞、郁郁寡欢的愁情。

“当时领略，而今断送，总负多情”，词人回忆当年与妻子相亲相爱，而今皆为无常断送，生死相别，辜负了当时的情意绵绵。

“忽疑君到，漆灯风飐，痴数春星”，自己正凝思出神，忽然看到漆灯的火苗被风吹得摇曳不定，便疑心是爱妻芳魂从泉下归来，于是痴痴地数星等待，留下一个耐人寻味的收尾。

在妻子去世后，纳兰没有一刻停止对妻子的怀念，二人感情至深，天地可鉴，正因为此，成就了纳兰词“情深”的一大特色。

漆灯

《佩文韵府》卷二五“蒸韵”“灯”引《江南野史》:“沈彬居有一大树,尝曰:‘吾死可葬于是。’及葬,穴之,乃古冢。其间一古灯台,上有漆灯一盏,圹头铜牌篆文曰:‘佳城今已开,虽开不葬埋。漆灯犹未爇,留待沈彬来。’”

唐人沈彬生时指定死后葬于大树旁。后挖掘墓穴时,发现此处是一古墓,墓中有漆灯一盏,铜牌上有谶诗一首,正是预言沈彬死后将埋葬在这里。漆灯后用为谶言死丧之典。

海棠春[①]·落红片片浑如雾

落红片片浑如雾，不教更觅桃源路[②]。香径[③]晚风寒，月在花飞处。

蔷薇影暗空凝贮[④]，任碧飐[⑤]轻衫萦住。惊起早栖鸦，飞过秋千去。

◎注释

①海棠春：词牌名。双调四十八字，前后段各四句，三仄韵。

②桃源路：通往理想的境界。桃源，即桃花源，后代指理想的境界。

③香径：花间小路，或指满地落花的小路。

④凝贮：同“凝伫”，凝望伫立。

⑤碧飐：摇动着的花枝花叶。飐：风吹使之颤动或摇动。

◎译文

落花纷纷，如雾气般迷蒙模糊，让人禁不住寻觅通往世外桃源的路。花间小径，晚风轻寒，将落花吹到月光皎洁之处。

蔷薇的花影中，有人默默伫立凝望，任凭摇动的花枝挂住衣衫。早栖的乌鸦惊起，扇动翅膀掠过秋千向远处飞去。

◎创作背景

这首词具体创作年代待考。可以肯定的是，在当时急功近利的社会背景下，有很多人为了功名利禄，放弃了自我，纳兰不愿与他们同流合污，而是向往世外桃源，在某一个春夜，他创作了这首词。

◎赏析

这首《海棠春》看似写景，实则抒情，纳兰的心愿在这首词里表露无遗，他想要逃离这纷繁的俗世，想要去一个清净的地方安度余年。

“落红片片浑如雾”，意境幽雅，充满了诗情画意，令人向往。

“不教更觅桃源路”，却把幻想拉回现实，虽然良辰美景，虽然忍不住使人想要找寻那桃花源的影踪，但入口处到底在哪里呢？于是引来哀叹。

“香径晚风寒，月在花飞处”，这里的夜晚很美好，落叶小径在月光下有丝丝凉意；在花枝的露缝处，月亮静静地悬挂着。景色梦幻而迷离，静美而空灵。

“蔷薇影暗空凝贮，任碧飐轻衫萦住”，一位穿着轻衫的男子在树枝暗影中伫立凝望，任凭摇动着的枝叶挂住衣衫。他在等待什么呢？词人没有说。

“惊起早栖鸦，飞过秋千去”，在这仙境般的环境里，在这静美的时刻，突然一动，一只栖鸦被惊起飞过秋千离去。他也只能是在大片大片的忧伤中，沿着自己的轨迹，掉入灰暗的深渊，无法摆脱。这是一道美丽的疤痕，让词人一生都在写着绚烂孤寂的诗词。

全词似乎只在写景，没有写男子的动作神态，但花月交映，花影摇曳，乌鸦飞过，渲染了落花时节的凄迷、人的若有所思和无言的愁绪，象征着静立月下蔷薇边的男子内心盼望爱人来到的焦急心情，笔法富有特色。

◎轶闻异物录

桃花源

我国叫作“桃花源”的地名很多，重庆酉阳、湖南常德、湖北十堰、江苏连云港、安徽黄山、台湾基隆、河南南阳、重庆永川等地都有桃花源。

那么，陶渊明《桃花源记》中所述的“桃花源”原型究竟在什么地方？学术界尚有争议。通常认为，桃花源位于今天的湖南省常德市境内，并且在历代写“武陵”的诗文中，内容基本上是写桃花源，但标题却写“武陵”，往往把“武陵”当作桃花源的代名词。

常德市内现有 4A 级国家重点风景名胜区桃花源风景区，景区内风景秀丽，历史遗迹众多，酷似陶渊明笔下的桃花源。

然而为了考证更加严谨，许多专家只是认为湖南常德桃花源更接近陶渊明描写的桃花源。

真正的桃花源也许就在我们每个人的心中，我们都需要一个属于自己的精神家园。

荷叶杯[1]·帘卷落花如雪

帘卷落花如雪，烟月。谁在小红亭？玉钗敲竹乍闻声，风影[2]略分明。

化作彩云飞去，何处？不隔枕函[3]边，一声将息[4]晓寒天，肠断又今年。

◎注释

① 荷叶杯：词牌名，原为唐朝教坊曲，单调二十三字或二十六字，双调五十字。

② 风影：随风晃动的物的影子，这里指那人的身影。

③ 枕函：中间可以贮物的枕头。

④ 将息：珍重，保重。

◎译文

卷帘时落花像雪花一样飘零，月色朦胧，是谁伫立在小红亭？偶尔传来几声玉钗敲打竹子的声音，她模糊的身影在风中若隐若现。

她化作彩云飞去．又将要飞到哪里去？从此她再也不在我的枕边，寒冷的清晨道一声珍重，我这个断肠人又要在哀伤中度过一年。

◎创作背景

由“断肠又今年”推测，这首悼亡词应当是卢氏卒后次年，即康熙十七年（1678 年）所写。

◎赏析

纳兰擅长写景。这首《荷叶杯》以写景入手，寄托相思，把月夜和落花相结合，衔接自然得体，在清新高雅中流露着淡淡的忧郁。

“帘卷落花如雪，烟月。谁在小红亭”，落花如雪的月夜，夜色如烟气般朦胧，小红亭中的人到底是谁，当然是伊人。

“玉钗敲竹乍闻声，风影略分明”，化用高适《听张立本女吟》“自把玉钗敲砌竹，清歌一曲月如霜”。意境略似，但词人写恋人风致与张女却大不相同，她是个更为纤弱的女孩，只是在月下偶尔轻叩竹身，不会很潇洒地拿玉钗敲竹放歌。仿佛听到哪里传来玉钗敲竹的声音，而小红亭中的妻子，倩影随风微微摆动，婀娜可爱。

“化作彩云飞去，何处？不隔枕函边”，妻子突然化作彩云仙逝，剩下现实中孤零零的作者一人，他不由想起自己与妻子隔不断的枕边之情，以及无法忘怀的心境。词人翻用李白《宫中行乐词》:“只愁歌舞散，化作彩云飞。”字不改动，但放在整首词里，神韵却完全不一样，李白是欢喜中没有惆怅，纳兰却很惆怅。

“一声将息晓寒天，肠断又今年”，以当年两人互道珍重时的情景和自己此时的无限伤感作结，烘托出词人此时的凄苦和愁绪，感人至深。

这首词富于浪漫主义色彩，从幻象、回忆到现实，体现出作者凄凉、悲惋、伤感的心境与对物是人非的无奈，表达了作者对妻子的思念之情。

◎轶闻异物录

高适赠诗中的“董大”

“千里黄云白日曛，北风吹雁雪纷纷。莫愁前路无知己，天下谁人不识君。”著名边塞诗人高适的这首《别董大》流传千年，那么这位董大到底是什么人呢?

董大(约695年—765年),原名董庭兰,唐开元、天宝时期著名琴师,陇西人。他少年时不肯读书，到处游荡，甚至行乞为生。五十岁后努力读书,学做诗人,几年之后声名渐起。他的诗多写边塞战场上的景象,在战争的场面中,又能顾到征夫疾苦、思妇情怀,故能于高壮的风格里,呈现哀怨之音，读之悠长有味。

董庭兰早年曾从凤州(今陕西境内)参军陈怀古学得当时流行的“沈家声、祝家声”，并把其擅长的《胡笳》整理为琴谱。今存的《大胡笳》《小胡笳》两曲,相传就是他的作品,《神奇秘谱》中收有他作的《颐真》一曲，据说此曲是他隐居山林，过着“寡欲养心，静息养真”的道家生活的反映。

荷叶杯·知己一人谁是

知己一人谁是？已矣。赢得误他生。多情终古似无情，莫问醉耶醒。

未是看来如雾，朝暮。将息好花天[1]。为伊指点再来缘[2]，疏雨洗遗钿[3]（diàn）。

◎注释

① 好花天：指美好的花开季节。

② 再来缘：来生的姻缘。再来：再一次来，即指来生。

③ 钿：用金、银、玉、贝等镶饰的器物。这里代指亡妇的遗物。

◎译文

谁是那唯一的知己？可惜已离我而去，只有来世再续前缘。多情自古都好似无情，这种境况无论醉醒。

朝朝暮暮，如烟似雾，那大好的春色不要白白虚度。雨中拿着你的遗物，但愿我们还能相会在来时路。

◎创作背景

康熙十三年（1674年），词人与两广总督卢兴祖之女卢氏成婚，两人情感甚笃，婚后三年卢氏难产不幸亡故，这首词就是悼念亡妻之作。

◎赏析

这是一首怀念亡妻卢氏的词，写得情真意切，哀怨凄婉。

“知己一人谁是？已矣”，开头径直道出“知己”二字，点明卢氏无可替代的重要性。然而，这样一位知己猝然离世，令人心痛。“已矣”一句，虽只有两字，但直抒伤痛之情。

“赢得误他生”，笔锋勒马，由刚转柔，用情语铺叙。“误”是来生被误，正话反说，今生遇见你，不可能有别的选择了，其实是指生死不渝。前三句连连转折，感情层层升腾。

“多情终古似无情，莫问醉耶醒”，表达了对亡妻铭心刻骨的缅怀。双方本来感情真挚，此刻死别，更是黯然销魂。词人本应表现两人曾经缱绻缠绵的柔情，但却是默然与妻子亡魂相对，所以说“终古似无情”。为什么“多情”反而似“无情”，这是因为，在死别的情绪高潮中，一般的言语和感情根本无法表达深浓的怀念和追悼，而永别的痛苦又使得词人近乎铁血心肠；也许是最多情的人反而会有这种漠然无情的表现。说“似”,又道出这“无情”的表象下蕴藏着“多情”的实质。“多情”与“无情”的矛盾统一绝妙地反衬出情的深刻,刻骨铭心。正因为如此,才有了后一句“莫问醉耶醒”。

“未是看来如雾，朝暮。将息好花天”，仍是抒发剪不断的丝丝挂念。这是词人的随性而叹，看似不经意，却又表现出他的混沌状态。可是他知道，自己多么渴望花开季节的到来，因为这个季节，满满都是对于她的回忆。

“为伊指点再来缘，疏雨洗遗钿”，诉尽心底伤痛悔恨，收拾好亡妻遗物，使她来生看见此物时，能记起前生。

全词有景有情，情意盎然，让人读起来感到飞流直下，却丝毫没有不妥的感觉，反倒是让人泪下如雨。

◎轶闻异物录

花　钿

花钿是古代汉族妇女脸上的一种花饰。花钿的颜色丰富多彩，其颜色取决于花钿的质料，金箔片为金色，金光熠熠；黑光纸为黑色，漆黑闪亮；鱼骨为白色，洁净如玉。其他也可根据图案需要绘上各种颜色，更加绚丽多彩。最为奇特的是一种“翠钿”，由各种翠鸟羽毛制成，整体花钿呈青绿色，清新别致。花钿的形状除最常见的梅花状外，还有各式小鸟、小鱼、小鸭等。

关于梅花花钿的起源，据宋高承《事物纪原》引《杂五行书》说，南朝“宋武帝女寿阳公主,人日卧于含章殿檐下,梅花落额上,成五出花,拂之不去，经三日洗之乃落，宫女奇其异，竞效之”，所以被称为“梅花妆”或“寿阳妆”。

雨中花[①]·送徐艺初[②]归昆山

天外孤帆云外树，看又是春随人去。水驿[③]灯昏，关城[④]月落，不算凄凉处。

计程应惜天涯暮，打叠起[⑤]伤心无数。中坐波涛[⑥]，眼前冷暖，多少人难语。

◎注释

①雨中花：词牌名，双调，五十一字。

②徐艺初：纳兰座师徐乾学的儿子，名树谷，字艺初，江苏昆山人，康熙年间进士。

③水驿：以船为交通工具的驿站，也就是水路驿站。

④关城：关塞上的城堡。

⑤打叠起：收拾起。

⑥中坐波涛：指触犯了朝纲。中坐：原指星犯帝座。

◎译文

孤帆消逝在天际，树林仿佛在白云之外，你走了，春天随你而去。你这一路上，在水路驿站守着昏黄灯光，在偏僻关隘看着西沉月亮，这些景象对你来说，还远远算不上凄凉。

计算行程，你有太多的路要走，而天色总是那么快就又到黄昏，收拾起无数伤心往事。名利场上的波谲云诡与人情冷暖，它们所带给你的种种伤害，你终是无法对人讲起。

◎创作背景

康熙十一年（1672年），徐艺初的父亲徐乾学因“副榜未取汉军卷”案获罪，被遣送回老家江苏昆山。这首词是徐乾学被迫携子离开京城时，纳兰相送写下的。

◎赏析

这首词短小清雅，非但柔美，更有真性情，看尽人间冷暖后，词人不由得感叹许多人的有苦难诉，以及自己的伤感之情。

“天外孤帆云外树”，徐乾学一行人走通州水路，词的开头用了孤帆、云树等水文意象。

“看又是春随人去”，春天，远处的孤帆缥缈，而树由近及远，一直伸向云烟迷离的尽头，春天随着远行的人去了，表达了对朋友的不舍和珍惜之情。

“水驿灯昏，关城月落，不算凄凉处”，路途遥远，跋山涉水，路上数不胜数的渡口驿站，迎接他们的是昏黄的灯火，歇脚时，月落乌啼，凉风四起。词人善以景化意，把深情寄寓在巧妙摄取的景况里，使人身历其境，体现出纳兰词真正的特质不仅在于柔情，更在于性情。

“计程应惜天涯暮”，词人收敛起万千思绪，进行慰藉：路上要多加小心，别顾着赶路，把时间给忽略了，一定要计算好，天黑前靠上码头沉锚歇息。

“打叠起伤心无数。中坐波涛，眼前冷暖，多少人难语”，收拾好心底的忧患和伤感，打起精神。莫愁前路无知己，天下又有谁不知道老师的声名？表达了对座师的同情和安慰，也流露出对自己前程的牢骚和不平。

全词以景道情，情景交融，浑然天成。

◎轶闻异物录

燃灯塔

燃灯塔（全称燃灯佛舍利塔）是北京市文物保护单位。位于北京市通州区。该塔始建于南北朝北周宇文时期，明、清多次重修。是八角十三级密檐式实心砖塔，高约四十五米。须弥座双束腰，每面均有精美的砖雕。塔身正南券洞内供燃灯佛，故名燃灯塔。其余三正面设假门，四斜面雕假窗。塔身以上为十三层密檐，第十三层正南面有砖刻碑记“万古流芳”。整座塔上共悬风铃二千二百二十四枚，雕刻佛像四百一十五尊。塔刹为八角形须弥座，上承仰莲，再上为相轮、仰月、宝珠。塔顶部原生长有榆树一株，高数米，浓荫华盖，蓊蓊郁郁，堪称奇景。为保护古塔，今已移植塔下。北京大学的著名校园建筑博雅塔便是以其为原型修建的。

鹧鸪天[①]·别绪如丝梦不成

别绪如丝梦不成，那堪孤枕梦边城。因听紫塞[②]三更雨，却忆红楼[③]半夜灯。

书郑重，恨分明，天将愁味酿多情。起来呵手[④]封题处[⑤]，偏到鸳鸯两字冰[⑥]。

◎注释

①鹧鸪天：词牌名，又叫“于中好”，双调五十五字。

②紫塞：北方边塞。

③红楼：绘有艳丽彩画的楼阁。这里代指家中的楼阁。

④呵手：天气寒冷时，用嘴哈气暖手。

⑤封题处：指书信的封口签押之处。

⑥冰：冰结，手僵不能动，意思是触动心病，极为伤感。

◎译文

别后相思之情如丝纷乱，让人难以入眠。好不容易入睡后，竟然还梦到了家乡，使人越发感伤。起来倾听边塞半夜的雨声，回忆起在家中小楼上我们挑灯夜话的情景。

认真地书写，对你的思念格外分明，天生的多愁善感使自己变得多情。起身用嘴中的热气暖手，将家书封好，偏偏看到“鸳鸯”两字，心又被触疼，手又僵冻如冰。

◎创作背景

这首词或写于康熙二十一年（1682年）秋月，纳兰去梭龙勘察，塞上怀远，心念闺中妻子而写。

◎赏析

这首词写作者身在边城孤独不堪，为解相思写信抒发离愁别怨。全词情真意切，抒发了作者刻骨铭心的思念之情。

“别绪如丝梦不成”，情意坦诚，词人正在塞上，分离后的思念令他辗转反侧，无法入眠。

“那堪孤枕梦边城”，更进一步地表明了词人的愁思之深。一般说来，“梦边城”应当解释为“梦见边城”，但联系上下文，应该解释成“梦于边城”。

“因听紫塞三更雨，却忆红楼半夜灯”，孤枕难眠，索性披衣起床，倾听夜半塞外的冷雨声。但夜雨像伤心人拨弄琴瑟的弦声，每一声都敲打着词人满是悲愁的心，也更引发了他的思念，令他不由想起了家里的妻子，心想这时的她会不会也正在想念着自己。

“书郑重，恨分明”，这时的思念之情像春天的杂草疯狂生长，所以词人拿起了笔，铺开纸笺，写封表达离愁别绪的书信寄给妻子。

“天将愁味酿多情”，就连上天都在用滴滴答答的绵密雨声来酝酿自己的悲苦。这个“酿”字，可谓是全词的词眼，将词人的思念和悲愁推向高潮。

“起来呵手封题处，偏到鸳鸯两字冰”，塞外苦寒，好不容易写完信，呵着冰冷的双手粘好了信封，在为信封签押时，笔尖却被冻住了。情深笔轻，落下“鸳鸯”二字时，心中更凄楚。“鸳鸯两字冰”，化虚为实，深刻地表达了相思的愁苦。

全词对爱侣的萦思写得回环婉曲，韵味悠长。“偏到鸳鸯两字冰”的描画，意味悠长，既渲染出边塞的严寒景象，又折射出心中的清冷景况，亦摹写出这份苦寒对恩爱伴侣儿女情长的阻隔，多重意蕴缭绕于字里行间，情韵悠远。

◎轶闻异物录

鸳　鸯

鸳指雄鸟，鸯指雌鸟，所以鸳鸯属合成词。雁形目中型鸭类，大小介于绿头鸭和绿翅鸭之间。雌雄异色，雄鸟嘴红色，脚橙黄色，羽色鲜艳而华丽，头具艳丽的冠羽，眼后有宽阔的白色眉纹，翅上有一对栗黄色扇状直立羽，像帆一样立于后背，非常奇特和醒目，野外极易辨认。雌鸟嘴黑色，脚橙黄色，头和整个上体灰褐色，眼周白色，其后连一细的白色眉纹，亦极为醒目和独特。主要栖息于山地森林、河流、湖泊、水塘、芦苇沼泽和稻田中。是杂食性动物。

鸳鸯为我国著名的观赏鸟类，之所以被当成爱情的象征，是因为人们见到的鸳鸯都是出双入对的。是经常出现在我国古代文学作品和神话传说中的鸟类。人们常用鸳鸯来比喻男女之间的爱情。

鹧鸪天·冷露无声夜欲阑[1]

冷露无声夜欲阑，栖鸦不定朔风寒。生憎[2]画鼓[3]楼头急，不放征人梦里还。

秋澹澹[4]（dàn），月弯弯，无人起向月中看。明朝匹马相思处，知隔千山与万山。

◎注释

①阑：残，尽，晚。
②生憎：最恨，偏恨。
③画鼓：有彩绘的鼓。
④澹澹：水波荡漾的样子。

◎译文

露水悄无声息浸润大地，夜晚即将结束，北风凄厉，枝头乌鸦无法安宁栖息。最恨鼓楼上更鼓响起，让远行的人梦中也不能回到家园。

秋波荡漾，月儿弯弯，没有人跟我一起观赏此时的月亮，明天又要独自骑马踏上我的行程，而家乡与我，仿佛还隔着千山万水。

◎创作背景

康熙二十一年（1682 年）秋，纳兰容若在出使梭龙的途中，寒夜惆怅，相思浓烈而写下这首词。

◎赏析

这是一首羁旅行役之词，表达词人刻骨的思乡之情。

“冷露无声夜欲阑，栖鸦不定朔风寒”，夜色将尽，冷露无声，朔风猎猎，寒鸦飞起，一静一动，形成对比，恰似词人此时跌宕起伏的心境。在我国古典诗词中，乌鸦常与衰败荒凉的事物联系在一起，“栖鸦”，表现出词人黯然愁思的心情。

“生憎画鼓楼头急，不放征人梦里还”，词人本想早点入睡，好在梦中与妻子相会，谁知可恶的鼓声偏又在楼头急响，声声恼人，导致他无法在梦里还乡。词人用哀伤的笔调对人生的怨憎进行了描写，同时也用反衬的手法衬托出自己的思念愁苦之情。

“秋澹澹，月弯弯，无人起向月中看”，秋波荡漾，月儿弯弯，本来是一派美好、宁静的景象，可是除了词人之外，竟没有旁人与他一起观赏，从而突出他的孤独寂寞。

“明朝匹马相思处，知隔千山与万山”，使思念具体化，词人此时已经想到明朝更会越行越远，归程阻隔，万水千山，而对妻子的思念之情则会变得越来越深切。

全词清丽空灵，明白如话，转折入深，极其精美。

◎轶闻异物录

纳兰容若出使的梭龙

吴兆骞之子吴振臣在《宁古塔纪略》一书的附录二《宁古塔纪略》中记载：“又八百里至爱珲木城，四周皆山，城临乌龙江，有将军镇守，与老枪连界。近索龙……”清初，《罗刹方略》一文中将鄂温克族，即分布在黑龙江嫩江流域的诸民族译称为“索伦部”。康熙初叶，将东北的地名译音做了统一规范，将地名“龙”音字，统一译做“伦”。梭（索）龙译为“索伦”就是一例。

容若出使梭龙，“仅抵其界”，大约只到达墨尔根、爱珲之间的地区。科尔沁以北直至黑龙江两岸，皆为梭龙之地。魏声和《鸡林旧闻录》有云：“老枪即老羌，指当时之罗刹，今俄罗斯人也。”

木兰花[①]·拟古决绝词柬[②]友

人生若只如初见，何事秋风悲画扇[③]？等闲变却故人心[④]，却道故人心易变。

骊（lí）山[⑤]语罢清宵半，泪雨零铃[⑥]终不怨。何如薄倖锦衣郎[⑦]，比翼连枝当日愿。

◎注释

① 木兰花：唐代教坊曲，“花间集”所录三首各不相同，以韦庄词为准，五十五字。“尊前集”所录皆五十六字体，北宋以后多遵用之。

② 柬：给……的信札。

③ 悲画扇：用汉朝班婕妤被弃的典故。班婕妤为汉成帝妃，被赵飞燕谗害，退居冷宫，后有诗《怨歌行》，以秋扇闲置为喻抒发被弃怨情。后以秋扇见捐喻女子被弃。

④ 故人心：情人的心意。看似白话，实为用典，南朝齐国山水诗人谢朓《同王主簿怨情》中有“故人心尚永，故心人不见”句。

⑤ 骊山：《太真外传》记载，唐明皇与杨玉环曾于七月七日夜，在骊山华清宫长生殿里盟誓，愿世世为夫妻。

⑥ 泪雨零铃：安史乱起，唐明皇入蜀，于马嵬坡赐死杨玉环。玉环死前云：“妾诚负国恩，死无恨矣！”此后，唐明皇于途中闻雨声、铃声而悲伤，遂作《雨霖铃》曲以寄哀思。零：一作“霖”。

⑦ 薄倖锦衣郎：唐明皇是多么的薄情啊！暗指抛弃自己的丈夫。薄倖：薄情。锦衣郎：指唐明皇。

◎译文

与意中人相处应当总像刚刚相识的时候，是那样温馨，那样甜蜜。但你和我本应当相亲相爱，却为何成了今日的相离相弃？如今你轻易变了心，却反而说情人间本就容易变心。

我与你就像唐明皇与杨玉环，在长生殿立下生死不相离的誓言，却最终决绝分别，即使如此，也不生怨。但你又怎比得上唐明皇，他总还与杨玉环有过比翼鸟连理枝的誓愿。

◎创作背景

这首《木兰花》常被当成爱情诗来读，但在清道光十二年结铁网斋刻本《纳兰词》里的词牌下边，还有这样一个词题“拟古决绝词柬友”，也就是说，这首词是模仿古乐府的决绝词，写给一位朋友的。现在一般认为这个朋友是指容若的知己，当时另一位诗词大家顾贞观。

◎赏析

这是一首拟古之作，其所拟的《决绝词》本是古诗中的一种，是以女子的口吻控诉男子的薄情，表态与之断绝关系。如古辞《白头吟》、唐元稹《古决绝词三首》等。纳兰性德的这首拟作是借用汉唐典故而抒发“闺怨”之情，是纳兰词中的名篇。

“人生若只如初见”，是整首词里最平淡、感情又最强烈的一句。一段感情，如果在人的心里分量足够重，那么无论他以后经历了哪些变故，初见的一刹那，都永远清晰难忘。而这个初见，将词情一下子就拽回到初恋的美好记忆中去了。

“何事秋风悲画扇”，扇子在夏天用来驱赶炎热，到秋天就没人理睬，古典诗词多用秋扇见捐比喻被冷落的女性。这里是说本应相亲相爱，却成了相离相弃。又将词情从美好的回忆一下子拽回到残酷的现实。

“等闲变却故人心，却道故人心易变”，模拟女性的口吻而写，写出了主人公深深的自责与悔恨。纳兰不是一个负心汉，只是当时十多岁的少年还无法主宰自己的命运。连李隆基都保不住心爱的恋人，更何况是纳兰。

“骊山语罢清宵半，泪雨零铃终不怨”，用唐明皇与杨玉环的爱情典故。七夕时，二人在华清宫山盟海誓。安史之乱中，杨贵妃就成了政治斗争的牺牲品。唐明皇从四川回长安的路上，在栈道听到雨中的铃声，勾起他对杨贵妃的思念，就写了著名的《雨霖铃》曲。这里借用此典，表明即使是最后作决绝之别，也不生怨。

“何如薄倖锦衣郎，比翼连枝当日愿”，化用唐李商隐《马嵬》“此日六军同驻马，当时七夕笑牵牛”句，承接前两句句意，从另一面说明主人公情感的坚贞。

这首词情感哀怨凄婉，曲折缠绵。而“闺怨”的背后，似乎更有着深层的痛楚，“闺怨”只是一种假托。所以有人认为这首词中别有隐情，词人是用男女间的爱情为喻，说明与朋友也应该始终如一，生死不渝。

◎轶闻异物录

班婕妤

班婕妤（前48年—2年），名不详，汉成帝刘骜妃子，著名才女，中国文学史上以辞赋见长的女作家。善诗赋，有美德。初为少使，立为婕妤。《汉书·外戚传》中有她的传记。她也是班固、班超和班昭的祖姑。她的作品很多，但大部分已佚失。现存作品仅三篇，即《自伤赋》《捣素赋》和一首五言诗《怨歌行》（亦称《团扇歌》）。

虞美人[①]·银床[②]淅沥[③]青梧老

银床淅沥青梧老，屧（xiè）粉[④]秋蛩[⑤]扫。采香[⑥]行处蹙[⑦]（cù）连钱[⑧]，拾得翠翘[⑨]何恨不能言。

回廊[⑩]一寸相思地，落月成孤倚。背灯和月就[⑪]花阴，已是十年踪迹十年心。

◎注释

① 虞美人：唐教坊曲，后用为词牌名。此调初咏项羽宠姬虞美人死后地下开出一朵鲜花，因以为名。又名“一江春水”“玉壶水”“巫山十二峰”等。双调，五十六字。

② 银床：指井栏。一说为辘轳架。

③ 淅沥：形容风雨声、落叶声等。

④ 屧粉：屧是鞋的衬底，与粉字连缀代指所恋女子。

⑤ 秋蛩：蟋蟀。

⑥ 采香：指曾与她有过一段恋情。

⑦ 蹙：聚拢，聚集。

⑧ 连钱：草名，叶呈圆形，大如钱。

⑨ 翠翘：女子的首饰。

⑩ 回廊：用春秋吴王“响屧廊”典故。南宋范成大《吴郡志》中曰：“响屧廊，在灵岩山寺。相传吴王令西施辈步屧，廊虚而响，故名。”遗址在今江苏省苏州市西灵岩山。纳兰词中多次提及此地，应是他与恋人开始恋情的地方。

⑪ 就：走进，接近。

◎译文

井边的梧桐在淅沥的秋风秋雨中渐渐老去，所爱之人的踪迹也在蟋蟀鸣叫中慢慢消失。所爱之人行经之处，如今已布满青苔。此时旧地重游，即便拾得美人遗下的翡翠头饰，也无法对人明言，只能徒自伤感。

回廊之处曾留下多少令人刻骨相思的痕迹，而今旧地重游，相思成灰。独倚回廊，只有天边落月相伴。吹灭灯火，在月光下走近花阴，寻找过去踪迹。十年前的踪迹依然在，十年前的那颗心依然在胸膛跳动。

◎创作背景

康熙十三年（1674年），纳兰性德与卢氏成亲。三年后，卢氏去世。又六年，即康熙二十二年（1683年），纳兰性德写下这首词，以寄托哀思。

◎赏析

全词表达了词人追忆旧情的感伤，凄凄楚楚，荡气回肠，缠绵婉约。

“银床淅沥青梧老，屧粉秋蛩扫”，由秋雨梧桐、秋蛩哀鸣引发对旧情的追怀，企图在旧地重游中寻觅芳踪。

“采香行处蹙连钱，拾得翠翘何恨不能言”，然而时过境殊，昔时采香之处已杳非前日，况情事隐秘，即使拾得旧情人的遗物，也只能徒增遗恨。

“回廊一寸相思地，落月成孤倚”，由“回廊”切入，这个地方寄托着往日的甜蜜和此时的哀伤，是触发词人复杂情感的重要媒介。

“背灯和月就花阴，已是十年踪迹十年心”，重游回廊，物是人非；相思入骨，心事成灰。

结句和首句在时间上遥相呼应，在直抒胸臆中包含着由于沧海桑田的巨大变化而带来的无尽悲哀。末句虽自竹屋词化用，用在此处却熨帖天然，全自肺腑流出。

全词抒情自然，采取的是触景伤情、抚今追昔的抒情方式。表面明白如话，水波不兴，实则用典绵密，潜流滚滚。

高观国

高观国，生卒年不详。南宋词人，字宾王，号竹屋，山阴（今浙江绍兴）人。生活于南宋中期，年代约与姜夔相近。为“南宋十杰”之一。

他与史达祖友善，常常相互唱和，词亦齐名，时称“高史”。其成就虽不及史达祖，但也有值得重视之处。他善于创作名句警语，如“香心静，波心冷，琴心怨，客心惊”“开遍西湖春意烂，算群花、正作江山梦”，颇为后人传诵。从其作品中看不出有仕宦的痕迹，大约是一位以填词为业的吟社中人。有词集《竹屋痴语》。

虞美人·残灯风灭炉烟[①]冷

残灯风灭炉烟冷，相伴唯孤影。判[②]教狼藉醉清樽[③]，为问世间醒眼[④]是何人。

难逢易散花间酒[⑤]，饮罢空搔首[⑥]。闲愁总付[⑦]醉来眠，只恐醒时依旧到樽前。

◎注释

①炉烟：熏炉或香炉冒出的烟。

②判：情愿，甘愿，不惜。

③清樽：酒器，借指清醇的酒。

④醒眼：反用其意，清醒的眼光。

⑤花间酒：良辰美景时的酒宴。

⑥搔首：用手挠头。

⑦付：给。

◎译文

灯残风灭，香炉的烟已变冷，相伴的只有自己孤单的身影。情愿喝得大醉，借清酒麻醉自己，问世间醒着的是什么人。

相聚难离别易，唯有离别时的酒宴，喝完后独自挠头。闲愁总是交给喝醉来入眠，只怕醒来时依然要去喝酒。

◎创作背景

康熙二十年（1681 年），顾贞观正在京城，逢母丧欲南归无锡，这首《虞美人》，是纳兰写在与他分别之后。

◎赏析

这首词叙写闲愁。从古至今，文坛从不缺借酒浇愁的落寞文人，他们大多仕途不顺，不能实现兼济天下的理想。对纳兰来说，他出身富贵，无仕途之艰，却依旧存在自己的烦恼。

"残灯风灭炉烟冷，相伴唯孤影"，起笔便是一副凄凉孤寂之境。夜风骤起，吹灭了摇曳的灯火，香炉里的烟灰早就凉透了。一阵风将房间里唯一的光明和温暖，不由分说地夺走了，剩下词人和他孤零零的影子。

"判教狼藉醉清樽，为问世间醒眼是何人"，既然无人与我为伴，只有清酒陪伴自己。词人所说的"醒眼"之人，便是屈原这般不随波逐流、英雄式的理想主义者。纳兰何尝不是在以屈原自喻。身边小人对权势趋之若鹜，纳兰始终冷眼以对，保持高洁之心。只是，这样一人对抗千军万马的日子，多么孤单凄凉。

"难逢易散花间酒，饮罢空搔首"，纳兰心事无人知，只有顾贞观懂他，但是相聚之日不多，不能时常互诉衷肠，饮酒赋诗。词人不住叹息，别离漫长，相逢苦短，知己已去，剩自己一人面对这早早散了的宴席。酒喝光了，只能对着满桌的空杯搔首长叹。

"闲愁总付醉来眠，只恐醒时依旧到樽前"，既然闲愁萦怀，就让酒来麻醉自己吧，换得一时的安稳睡眠。只是醒来之后还是孑然一身，依然愁绪满怀，怕是又要到酒杯前，喝得大醉一场。

全词用语平淡，但将词人对友人顾贞观的怀念之情以及对自己身世的无奈表现得淋漓尽致，情真意切。

◎轶闻异物录

清酒与浊酒

清酒：古人在浊酒中加入石炭，使其沉淀，取清澈的酒液饮用，

于是便有了“清酒”之名。

浊洒：浊酒是与清酒相对的。古人的酿酒技术差，酒里有酒糟，故浊。酒醪经压滤后所得的新酒，静止一周后，抽出上清部分，其留下的白浊部分即为浊酒。

浊酒的特点之一是有生酵母存在，会连续发酵产生二氧化碳，因此应用特殊瓶塞和耐压瓶子包装。装瓶后加热到六十五度灭菌或低温贮存，并尽快饮用。此酒被认为外观珍奇，口味独特。

浊酒还有谦虚的表示，相对的是喜酒、好酒等，古时候客人来了，便会对客人说：请你喝杯薄酒、浊酒，去别人家喝的时候则会说“好酒”。

曹魏时，曹操禁酒甚严。当时人讳说酒字，把清酒叫圣人，把浊酒叫贤人。尚书郎徐邈私饮沉醉，对人称中圣人，就是说喝了清酒。

南乡子[①]·烟暖雨初收

烟暖雨初收，落尽繁花小院幽。摘得一双红豆子[②]，低头，说著分携泪暗流。

人去似春休，卮酒曾将酹石尤[③]。别自有人桃叶渡[④]，扁舟，一种烟波各自愁。

◎注释

① 南乡子：唐教坊曲名，后用作词牌。又名“好离乡”“蕉叶怨”。原为单调，有二十七字、二十八字、三十字各体，平仄换韵。

② 红豆子：相思树结的子。果实成荚，微扁，子大如豌豆，色鲜红或半红半黑。古人以此作为爱情或相思的象征。

③ 石尤：石尤风，即逆风或顶头风。传说石氏女嫁尤家，尤为商远行，石氏阻之，不从。尤经久不归，石氏思而致病亡，终前曰：“吾恨不能阻其行，以至于此。今凡有商旅远行，吾当作大风为天下妇人阻之。”故后人以之喻阻船之风。

④ 桃叶渡：渡口名。在江苏省南京市秦淮河畔，因晋王献之于此迎送其妾桃叶而得名。后人以此代指情人分别之地或分别之意。

◎译文

雨刚刚停，远处升起轻烟暖雾。幽静的小园里，繁花落尽。伸手轻轻摘下一双红豆，低下头，想起我们生死相别，不由泪流满面。

人离开了，就像这过去的春天容颜不再，繁华易失。拿着酒临溪伤神。就算是人面桃花，一叶扁舟，也是一种相思，两处闲愁。

◎创作背景

纳兰娶沈宛为妾，两人恩爱。然而好景不长，由于纳兰地位特殊，既是皇帝贴身侍卫，又是满人贵族，竟然娶了汉族民间女子。纳兰处处受压，不得已与沈宛分离。于是创作这首词。

◎赏析

这是一首抒写离愁别绪的词作。淡淡白描，平实如话，真实传达出女主人公在爱人即将远行时内心的愁苦之情。

“烟暖雨初收，落尽繁花小院幽”，描写刚下过雨后的小院情景。风雨初晴，小院中落花满地，显得十分幽静。在幽静的意境中，可以看到分别在即的两人相对无语泪满眶的景象。

“摘得一双红豆子，低头，说著分携泪暗流”，爱人采下两颗红豆，低头和词人说着分别的话语，说着说着，不禁泪流满面。红豆是古人常用其象征爱情或相思之物，王维就曾以红豆为意象，写出了脍炙人口的《相思》：红豆生南国，春来发几枝。愿君多采撷，此物最相思。

“人去似春休，卮酒曾将酹石尤”，引用石尤的典故，是说女主人公希望能够效仿石尤氏，化作大风阻止爱人远行。

“别自有人桃叶渡，扁舟，一种烟波各自愁”，引用东晋著名书法家王献之与爱妾桃叶在渡口迎送的典故，抒发哀怨离愁。天不遂人愿，爱人乘船离去，就算还有人在这个渡口乘小船作别，也已不是与恋人分别时的样子。同样的分别，却有着不同的离愁。

这首词中，词人道出自家非同寻常的愁怨，似有更深的隐忧。言犹未尽的深婉情致，令人回味无穷。

◎轶闻异物录

桃叶渡名字的由来

说法之一：传说，在东晋时期，秦淮河与古青溪水道两条河的岸边栽满了桃树，春天起风的时候，就会有接连不断的桃叶轻浮水面，被风吹得四处飘零，撑船的艄公望那满河浮泛的桃叶，就把这里叫作桃叶渡。

说法之二：传说东晋书法家王献之有个爱妾叫“桃叶”，她往来于秦淮河两岸时，王献之放心不下，常常亲自在南浦渡口迎送，并为之作《桃叶歌》：“桃叶复桃叶，渡江不用楫；但渡无所苦，我自迎接汝。”从此渡口名声大噪，久而久之，南浦渡也就被称为桃叶渡了。

南乡子·为亡妇题照

泪咽却无声，只向从前悔薄情。凭仗丹青重省（xǐng）识[①]，盈盈[②]。一片伤心画不成。

别语忒（tuī）分明，午夜鹣（jiān）鹣[③]梦早醒。卿自早醒侬自梦，更更。泣尽风檐夜雨铃。

◎注释

①省识：记忆起，忆起。

②盈盈：形容举止和仪态美好。

③鹣鹣：古代传说中不比不飞的比翼鸟。

◎译文

热泪双流，饮泣无声，只是痛悔从前没有珍视你的深情。想凭丹青重新和你聚会，泪眼模糊心碎肠断，不能把你的容貌画成。

离别的话言犹在耳，格外分明，比翼齐飞的好梦半夜被无端惊醒。你已醒来我却还在梦中，哭尽深更苦雨，檐下风铃声声到天明。

◎创作背景

康熙十六年（1677年），卢氏因难产不幸去世，痴情的纳兰陷入无尽的哀伤之中。有一天，他突然有所开悟，心中生出无限感慨，写下了这首悼亡词。

◎赏析

该词起首打破先写景后言情的常例，直抒悲痛，真实地抒发出由悼亡伤逝与离世超尘相交杂而产生的痛切之感。

“泪咽却无声”，无声之泣比有声之哭更具酸楚之感，哀痛之情尤足悲人。

“只向从前悔薄情”，语痛情切，描绘了作者对着画像呼唤亡灵表示悔痛的情景。从前未必薄情，然而言“悔薄情”者，严厉责己，正表现出爱之深、爱之切。

“凭仗丹青重省识，盈盈。一片伤心画不成”，道出了突然见到亡妻画像时的复杂心情与怆绝感情。生时虽然同床共席，死别却使他们分离，现又凭借画像重新见到了那清丽的面庞，盈盈的双目，悲伤欲绝。

“别语忒分明”，虽未具体写别语的内容，但定包含着妻子临终时没说完的话。言犹在耳，痛定思痛，令人不胜其哀。

“午夜鹣鹣梦早醒。卿自早醒侬自梦，更更。泣尽风檐夜雨铃”，以“梦”喻生，以“醒”喻死。“午夜鹣鹣梦早醒”，喻夫妇如比翼鸟情深似海，却中道分离。这里用“避讳”手法，不忍言死，既以此减轻自己的悲伤，也表现出对妻子的挚爱。自妻子死后，他时刻处于思念之中，尤其是在深夜，听着风吹檐前铁马，更鼓声声，痛悼、思念之情，便齐涌心头，常常泣不成声。

“卿自早醒侬自梦，更更。泣尽风檐夜雨铃”，化用唐明皇怀念杨贵妃典故，抒发了恨好景不常、好梦易醒，无限思念、无比哀痛的感情。

这首词是“题照”之作，因而在艺术上的特点是以向亡妻画像诉说的形式来表现，词人将画像视为人身，把死者当作生者，诉说表达的感情比一般的抒情更感人，具有如怨如慕、如泣如诉的情境。

◎轶闻异物录

水墨丹青

水墨：中国画的一种表现形式。一般指用水和墨所作之画。由墨色的焦、浓、重、淡、清产生丰富的变化，表现物象，有独到的艺术效果。

丹青：丹指丹砂，青指青雘，是两种可作颜料的矿物。我国古代绘画常用朱红色、青色，故称画为“丹青”。丹青比植物性颜料保存时间长，不易褪色，因此常用来比喻坚贞。

二者联系：水墨画是中国画的表现形式，与水墨画并列的表现形式还有工笔重彩、白描，彩墨。按表现题材来分，则是山水画、花鸟画、人物画。在山水画中按画法着色又可以分青绿山水、金碧山水、水墨山水、浅绛山水、没骨山水等。丹青其实就是中国画的另一种说法。水墨是技法，丹青是颜色，中国画以墨色为主，以丹青色彩为辅，这样的中国画也称为“水墨丹青画”。

临江仙[1]·寄严荪友

别后闲情何所寄，初莺[2]早雁[3]相思。如今憔悴异当时，飘零心事，残月落花知。

生小不知江上路，分明却到梁溪[4]。匆匆刚欲话分携，香消梦冷[5]，窗白一声鸡。

◎注释

①临江仙：唐教坊曲名，后用作词牌名。双调五十八字，平韵格。

②初莺：借喻春暮之时。

③早雁：借指秋末之日。

④梁溪：原为太湖支流，这里指代严荪友的家乡。

⑤香消梦冷：一梦醒来。香消：原意是像花一样凋谢，这里形容梦中温馨的情谊消逝。

◎译文

你离去之后，春去秋来的岁月流转里，你的闲情雅趣寄托在何地？如今因为思念你，我早已形容憔悴、不似往昔，只有残月和落花懂得那飘零的心事。

我不晓得去江南的路，在梦中却分明来到你的家乡，刚要与你诉说离别后的情形，却被一声鸡叫惊醒。才发觉天已蒙蒙亮，熏香也已烧完，暖意散光。

◎创作背景

康熙十五年（1676 年）初夏，严荪友南归。据“生小不知江上路”句及与严荪友《祭文》中“昨年扈从，兄到吴门，归与吾言，里俗何喧，前人所夸，举不足论”之句，康熙二十三年（1684 年）前纳兰未到过江南，这首词当作于严氏南归后两年内，即康熙十五年（1676 年）秋至康熙十七年（1678 年）冬之前。

◎赏析

这首词为寄赠之作，表达了词人对挚友深切的思念。

“别后闲情何所寄，初莺早雁相思”，春去秋来，他没有一天不在思念好友严荪友。

“如今憔悴异当时，飘零心事，残月落花知”，以至于形容憔悴，与以前判若两人。但他心中这种孤独寂寞之感，除了零落的残花败絮，再无人能知晓。

“生小不知江上路，分明却到梁溪”，由思念至深至切而生出梦幻，竟梦中到了自己不知路途的荪友的家乡，如此虚拟之笔很浪漫，很感人。

“匆匆刚欲话分携，香消梦冷，窗白一声鸡”，但好梦难留，他刚要与好友倾诉别后的相思之意，却突然听到窗外传来一声雄鸡的鸣叫声，从美梦中醒来，天边已经显出了鱼肚白，令人不胜怅惋。

词人与好友不得相见，便想借美梦与好友倾诉心迹，对好友的思念之情溢于言表。其深挚的友情，深切的怀念，在词中表达得淋漓尽致。

◎轶闻异物录

莺

莺又叫黄鸟、黄鹂、仓庚、青鸟。莺属雀形目，是小型鸣禽，体型纤细瘦小，嘴细小，羽色大多比较单纯，栖息于多种环境中，鸣叫声尖细而清晰。莺科分布基本限于旧大陆，只有极北柳莺出现在美洲的阿拉斯加，两种戴菊分布于北美洲，几种蚋莺分布于中南美洲。

临江仙·六曲阑干三夜雨

塞上得家报云秋海棠[①]开矣，赋此

六曲阑干三夜雨，倩谁护取娇慵[②]。可怜寂寞粉墙东，已分裙钗绿，犹裹泪绡红[③]。

曾记鬓边斜落下，半床凉月惺忪[④]。旧欢如在梦魂中，自然肠欲断，何必更秋风。

◎注释

①秋海棠：多年生草本植物，属秋海棠科。又称“八月春”“断肠花”。据传说：古代有一痴情女子，被遗弃后，伤心落泪，其泪水落地，即生出此花。

②娇慵：秋海棠花。以人拟花，为词人想象之语。

③绡红：生丝织成的薄绢。

④惺忪：刚刚睡醒，神志、眼睛还模糊不清的状态。

◎译文

家里已经下了三夜的雨，谁来保护亭园里娇弱的秋海棠？可惜粉墙的东边寂静无人，秋海棠花绿萼已分，红花上带着雨滴，好像哭泣的美人一样。

还记得海棠花曾在她的鬓边落下，那时她睡眼惺忪，静静感受这半床月亮的清凉。往日的欢乐时光仿佛如梦，还没等秋风吹起，我就已痛断肝肠。

◎创作背景

康熙二十一年（1682年）秋，纳兰出访塞外，途中收到家书，得知家中秋海棠花已开，离愁别绪涌上心头，而赋此词。

◎赏析

这首词从想象落笔，由家中的秋海棠绽放，追怀往昔，描绘令人怀念的往日时光和此时的凄苦之情，表达了乡关客愁、柔肠寸断的心情。

词前“塞上得家报云秋海棠开矣，赋此”，寥寥十三个字，把词人心中的孤寂感表达得淋漓尽致。

“六曲阑干三夜雨，倩谁护取娇慵。可怜寂寞粉墙东”，秋海棠香艳而多情，想来纳兰每每看见都会想起心上人。

“已分裙衩绿，犹裹泪绡红”，花朵娇红，枝叶青绿，像极了红衫绿裙的美人伫立在粉墙下。那一低头的风情，似花枝轻摇，又似花露滚落。而纳兰的妻子优雅清丽，一如随风扭动腰肢的秋海棠般娇而不艳。

“曾记鬓边斜落下，半床凉月惺忪”，明明夜已深，她却不知为何突然醒了，睡眼惺忪，白日里摘下的秋海棠仍在鬓边垂着，清冷的月光倾泻半床，好像才从仙境而来的仙子，娇媚慵懒。

“旧欢如在梦魂中”，眼前的这一切是真还是假，是实还是虚，恐怕词人自己也无法分辨，爱妻的模样早已深深烙在他心上。

“自然肠欲断，何必更秋风”，身在塞外，心里却时刻惦念着家中。逝去的时光只能在梦中再相见，而如今早已肝肠寸断，秋风又何必再来滋扰。塞外西风呼啸，连着天际的枯黄令离人更加愁苦。

全词通篇以花喻人，以人喻花，拿捏得当，极力描写烘托寂寥苦涩之意，但不显得矫揉造作，十分自然。

◎轶闻异物录

秋海棠的文化内涵

秋海棠又称相思草，因其又名“断肠花”，故寓意“断肠”。在陆游与唐婉、宝玉与黛玉的相恋过程中，秋海棠都成为相思、苦恋的见证。法国人则将秋海棠视为真挚友谊的象征。欧美花语组合认为秋海棠是亲切、诚恳的意思。

明清两朝是秋海棠的风光年代，人们常将之栽种在屋后或院落的背阴处。因为秋海棠易于栽种，将折断的茎直接插入土中，往往能够成活。大片栽种之后不用精心打理，也可在每年秋天照常开花。

革命志士秋瑾很喜爱这种花，觉得自身的气质与秋海棠略同，还专门为之赋诗一首，既是咏花，又是言志：“栽值恩深雨露同，一丛浅淡一丛浓。平生不藉春光力，几度开来斗晚风。”

临江仙·卢龙[1]大树

雨打风吹都似此，将军[2]一去谁怜。画图曾记绿阴圆。旧时遗镞[3]（zú）地，今日种瓜田。

系马南枝[4]犹在否？萧萧欲下长川[5]。九秋[6]黄叶五更烟。止应摇落尽，不必问当年。

◎注释

①卢龙：地名，在今山海关西南，清属永平府。

②将军：指将军树，即大树。《后汉书·冯异传》："每所止舍，诸将并坐论功，异常独屏树下，军中号'大将军树'。"后遂以"将军树"借指大树，用为建立军功之典。

③遗镞：指遗弃或残剩的箭镞。

④南枝：朝南的树枝，比喻温暖舒适的地方。常用来指代故土故国。《古诗十九首·行行重行行》："胡马依北风，越鸟巢南枝。"

⑤长川：长河流水。

⑥九秋：九月的深秋。

◎译文

自然的风吹雨打和历史的波澜起伏似乎一样，昔日纵马扬鞭、驰骋沙场的将军已经化成一抔黄土，还有几人记得凭吊逝去的英雄？谁知道那些被收入画中的绿阴过去是什么模样，昔日的战场如今化成了一块瓜田。

江河奔流，曾经拴着战马的树枝还在吗？是否早已化作深秋落叶、五更晨烟？任何人都无力阻挡一去不回头的岁月，任何言语和行动在注定消逝的光阴前空洞苍白，过去的丰功伟绩、英雄旧事又何必再言。

◎创作背景

康熙二十一年（1682年），纳兰性德扈从康熙皇帝东巡，在途中写了这首词。

◎赏析

这首词借咏卢龙大树而凭吊古人，抒发今昔之感和怀乡之意。

“雨打风吹都似此”，指的就是眼前的卢龙大树了。它们高大挺拔、郁郁葱葱，词人为卢龙大树惊叹，借汉代征西大将军夏阳侯冯异的故事，将眼前的卢龙大树和曾经逝去的将军相论。

“将军一去谁怜”，携带着无限哀怨的感叹之声，牵引着人们跟随词人的思绪飘飞于远去的岁月，将军一去，已无人怜惜。

“画图曾记绿阴圆。旧时遗镞地，今日种瓜田”，词人清楚，光阴似箭，昔日征战兵戈之地，今天已变成良田沃野，历史碾碎一切，化成云烟消散。

“系马南枝犹在否？萧萧欲下长川。九秋黄叶五更烟”，征战地遗留下来的兵器，让词人联想到当初在此用以系马的南枝，可惜眼前的深秋时分片片黄叶都已飘零殆尽，哪里还有当初的“南枝”？

“止应摇落尽，不必问当年”，词人看着眼下一片萧条之景，回想当年英雄人物的光辉事迹，奈何曾经建功立业的他们都在历史的滚滚车轮下化为烟尘，只能叹一句“只应摇落尽”，并由此发出将军这样的英雄人物和英雄时代已一去不复返的惆怅感慨。一切都在摇落中衰朽，不必再提当年。

在这首词中，作者表达了朴素而颇有哲理的历史观，流露出一种沧海桑田的感慨，还有兴衰交替的明了。

◎轶闻异物录

《古诗十九首》

《古诗十九首》是我国古代文人五言诗选辑，由南朝萧统从传世无名氏古诗中选录十九首编入《文选》而成。这十九首诗习惯上以句首作标题，依次为:《行行重行行》《青青河畔草》《青青陵上柏》《今日良宴会》《西北有高楼》《涉江采芙蓉》《明月皎夜光》《冉冉孤生竹》《庭中有奇树》《迢迢牵牛星》《回车驾言迈》《东城高且长》《驱车上东门》《去者日以疏》《生年不满百》《凛凛岁云暮》《孟冬寒气至》《客从远方来》和《明月何皎皎》。

《古诗十九首》是乐府古诗文人化的显著标志，再现了文人在汉末社会思想大转变时期，追求的幻灭与沉沦、心灵的觉醒与痛苦，抒发了人生最基本、最普遍的几种情感和思绪。全诗语言朴素自然，描写生动真切，具有浑然天成的艺术境界，处处表现了道家与儒家的哲学意境，被刘勰称为“五言之冠冕”。

临江仙·寒柳

飞絮飞花何处是？层冰[1]积雪摧残。疏疏一树五更寒。爱他明月好，憔悴也相关[2]。

最是繁丝[3]摇落后，转教人忆春山[4]。湔(jiān)裙梦断[5]续应难。西风多少恨，吹不散眉弯。

◎注释

①层冰：厚厚的冰。

②关：关切，关怀。

③繁丝：指柳丝的繁茂。这两句里的“柳丝”和“春山”，都暗喻女子的眉毛。

④春山：春日的山山色如黛，借喻女子的眉毛。这里指代亡妻。

⑤湔裙梦断：涉水相会的梦断了。李商隐在《柳枝词》序中说：一男子偶遇柳枝姑娘，柳枝表示三天后将涉水湔裙来会。此词咏柳，用这个典故。湔裙：溅湿了衣裙。

◎译文

柳絮杨花随风飘到哪里去了？原来被厚厚的冰雪摧残了。五更时分夜阑风寒，这株柳树也显得凄冷萧疏。皎洁的明月无私普照，不论柳树是繁茂还是萧疏，都一般关怀。

在繁茂的柳丝摇落的时候，我免不了回忆当年那个女子。梦里又见和她幽会的情景，但好梦易断难续。将愁思寄给西风，可再强劲的西风也吹不散我眉间的不尽忧愁。

◎创作背景

这首词具体的创作时间待考。从词意来看，应是借咏柳而怀念恋人的作品。

◎赏析

这首词全篇由“柳”贯穿，情、景、物与人融为一体，比兴融为一体，自然流泻出至真至情。

“飞絮飞花何处是”，其实主要想说的是“飞絮何处是”，特别用了“飞花”，除了造成叠音的声音效果外，还因为杨花在诗词中属于飘零无助的意象。传说，杨花如果飘落水中，就会化为浮萍。飘零无根的杨花便有了一种宿命的悲剧感。

“层冰积雪摧残”，自答上一句提问，并照应词题中的“寒”字，表现出柳树被摧残的景况。

“疏疏一树五更寒”，“疏疏一树”正是寒柳，而“五更寒”原本仅是时间，交叠一处，却把夜阑、更残、轻寒这些意象付诸柳树身上，使柳树顺理成章地成为词人情感投射的客体。

“爱他明月好，憔悴也相关”，递进一层，似在说明月无私，不论柳树是繁茂还是萧疏，都同样照耀关怀。貌似在写明月，实则是词人自况：柳树就算萧疏憔悴，自己依然喜爱；伊人就算永诀，自己依然思念。

“最是繁丝摇落后，转教人忆春山”，由柳树而及女子，由当下而及回忆，最是在柳丝摇落的时候，更免不了想起当年的那个女子。春山既然可以比喻为女子的蛾眉，便也可以用作女子的代称。由柳叶的形态联想到蛾眉的曼妙，联想到心爱的女子。

“湔裙梦断续应难”，旧日三月三日上巳节，女人们相约到水边洗衣，认为这样可以除掉晦气。上巳节和清明节隔得不远，这种户外聚众的日子往往提供了青年男女偷偷约会的机会。但这不过是一个不能实现的美梦罢了。

“西风多少恨，吹不散眉弯”，词人回到现实，佳人芳踪难寻，自己只得紧锁愁眉，任西风吹过。

全词委婉含蓄，自然浑脱，立意新颖，意境幽远，是纳兰词中最得后人推崇的佳作之一。陈廷焯甚至作出“言之有物，几令人感激涕零”之“压卷之作”的高度评价。

◎轶闻异物录

古代女子如何画眉

画眉之风起于战国，流行于全国许多地区。最早的眉笔随手可得，即用柳枝烧焦后涂在眉毛上。想来是年轻女子在耕种家务闲暇时，用身边的物件进行化妆。

烧焦的柳枝必然不能满足爱美的心。屈原在《楚辞·大招》中记载:“粉白黛黑,施芳泽只。”“黛”是一种青黑色的颜料,专供女子画眉,也叫石黛。使用前先将其放在石砚上磨碾成为粉末，加水调和，类似于如今的眼影粉。在出土的汉墓里,研究人员发现了不少磨石黛的石砚,说明这种化妆品在汉代就已经在使用了。

蝶恋花[1]·辛苦最怜天上月[2]

辛苦最怜天上月，一昔[3]如环，昔昔都成玦[4]（jué）。但似月轮终皎洁，不辞冰雪为卿热[5]。

无奈钟情容易绝，燕子依然，软踏帘钩[6]说。唱罢秋坟[7]愁未歇，春丛认取[8]双栖蝶。

◎注释

①蝶恋花：唐教坊曲，后用作词牌，又名“鹊踏枝”“凤栖梧”“鱼水同欢”“明月生南浦”等。双调六十字。

②天上月：指亡妻。

③昔：同“夕”，日落之时，指晚上。

④玦：半环形之玉，这里比喻不满的月亮。

⑤不辞冰雪为卿热：源自《世说新语·惑溺》：“荀奉倩（粲）与妇至笃，冬月妇病热，乃出中庭，自取冷还，以身熨之。”意思是荀粲之妻冬天高烧病重，全身发热难受。荀粲为了给妻子降温，脱光衣服站在大雪中，等身体冰冷时回屋给妻子降温。

⑥帘钩：卷帘用的钩子。这里是说双燕于帘幕之间细语。

⑦唱罢秋坟：源自唐代李贺《秋来》诗：“秋坟鬼唱鲍家诗，恨血千年土中碧。”这里借用典故表示虽然哀悼过了亡灵，但是满怀愁情仍不能消解。

⑧认取：注视着。

◎译文

要论辛苦，最应该怜惜天上的月亮。一轮端端正正，悬挂在中天。曾有最光辉的时刻，那么皎洁圆满。但一朝别去，永远留下遗憾。如果能够像天上的圆月长盈不亏，那么我将不怕冰雪严寒，为你带去温暖。

无奈尘世因缘竟那么容易断绝。但帘幕间的燕子仍旧踏在帘钩上，轻轻呢喃。鬼唱秋坟，纵能令恨血化碧，只是挽歌唱结，心上忧愁仍旧不能消解。如今只想死后化成花丛蝴蝶，双宿双飞，永不分别。

◎创作背景

作者在康熙十九年（1680年）重阳节前三日夜曾做过一个梦："梦亡妇淡妆素服，执手哽咽，语多不复能记。但临别有云：衔恨愿为天上月，年年犹得向郎圆。"而这首词就从梦里的两句诗生发而来。

◎赏析

这首词悼念亡妻，凄美之中透着轻灵，通过对明月圆缺的观察，燕子呢喃的对语，蝴蝶双飞的描写，反映出对亡妻刻骨铭心的哀念。

"辛苦最怜天上月，一昔如环，昔昔都成玦"，说的是自己最怜爱那天空辛苦的月亮，一月之中，只有一夜是如玉环般圆满，其他的夜晚则都如玉玦般残缺。出语凄美清灵。"辛苦最怜天上月"为倒装句。作者在这里说月，实际上是在说人，说的是以前自己或者入职宫禁，或者伴驾出巡，没有好好陪伴卢氏，她过早逝去，给自己留下终生的痛苦。

"但似月轮终皎洁，不辞冰雪为卿热"，这两句是词人对梦中亡妻所吟"衔恨愿为天上月，年年犹得向郎圆"的直接回答。词人想着那一轮明月仿佛化为日夜思念的亡妻，如果梦想真的能够实现，自己一定不怕月中的寒冷，为妻子夜夜送去温暖。

"无奈钟情容易绝，燕子依然，软踏帘钩说"，无奈尘世的情缘最易断绝，而不懂忧愁的燕子依然轻轻地踏在帘钩上，呢喃叙语。梦想终究难以实现，当一切幻想破灭后，纳兰依然不肯放弃。他睹物思人，由燕子的呢喃叙语想到自己与妻子昔日甜蜜而温馨的时光。

“唱罢秋坟愁未歇，春丛认取双栖蝶”，是词人对亡妻的倾诉，表达了自己的一片痴心：在你的坟前我悲歌当哭，纵使唱罢了挽歌，内心的愁情也丝毫不能消解，我甚至想要与你的亡魂双双化作蝴蝶，在灿烂的花丛中双栖双飞，永不分离。

在这首词中，作者以明月、燕子、蝴蝶三种生活中经常看到的景物，畅快淋漓地表达了妻子逝去后，自己内心难以消散的愁苦，正因为感同身受，才会写得如此情真意切，而尾句则以喜语强化悲情，情感表达更为强烈。

◎轶闻异物录

重阳节

重阳节节期在每年农历九月初九，是我国传统节日。重阳节源自天象崇拜，由上古时代季秋丰收祭祀演变而来。“九”在《易经》中为阳数，“九九”两阳数相重，所以叫“重阳”；因当日日与月皆逢九，又称为“重九”。古人认为九九重阳是吉祥的日子。民间在重阳节有登高祈福、秋游赏菊、佩插茱萸、拜神祭祖及饮宴祈寿等习俗。传承至今，又添加了敬老等内涵，于重阳之日享宴高会，感恩敬老。

据现存史料及考证，重阳节源头可追溯到上古时代。《吕氏春秋·季秋纪》载，古人有在九月农作物丰收时祭天帝、祭祖，以谢天帝、祖先恩德的活动。这是重阳节作为秋季丰收祭祀活动而存在的原始形式。唐代是传统节日习俗定型的重要时期，其主体部分传承至今。重阳祭祖民俗相沿数千年，是具有深刻意义的一个古老民俗。重阳节与除夕、清明节、七月半并称我国传统四大祭祖节日。

蝶恋花·又到绿杨曾折处[①]

又到绿杨曾折处，不语垂鞭[②]，踏遍清秋路。衰草[③]连天无意绪，雁声远向萧关[④]去。

不恨天涯行役[⑤]苦，只恨西风，吹梦成今古[⑥]。明日客程还几许，沾衣况是新寒雨。

◎注释

①绿杨曾折处：古人在送别时，有折柳枝相赠的习俗。

②不语垂鞭：引用唐温庭筠《晓别》诗："上阳宫里钟初动，不语垂鞭上柳堤。"垂鞭：放马慢行。

③衰草：秋天的草。

④萧关：在今甘肃省平凉县，古为西北边地要塞。

⑤行役：因公务长期在外跋涉。

⑥成今古：今与古距离遥远，是在感叹光阴易逝。

◎译文

又来到昔日折柳相送的故地，默默骑马垂鞭徐行，心绪沉沉迷离，将无望的秋思道途踏遍。衰草无边了无生趣，大雁远去关塞遥远。

天涯羁旅之苦却也无妨，只可恨那西风吹灭了多少穿越古今的美梦。明天我的行程还在延续，乍寒的新雨打湿衣衫，更觉凄冷孤单。

◎创作背景

这首词写于康熙二十一年（1682年）八月出使梭龙时。作者于当年三月曾扈驾东出山海关至盛京（今辽宁沈阳）。与以往不同的是，纳兰这次没有随驾出巡，而是负皇命行役在外，也是他第一次率队远征，这首词就是他行走在漫漫出关路上的痛苦内心独白。

◎赏析

这首词写羁旅在外，路过旧日与亲友分别的地方而引起的惆怅之情。景中有情，情中有景。

“又到绿杨曾折处”，词人不直陈痛楚，而将其深隐于“绿杨”依依之中，这种隐忍使情意又深了一层。一个“又”一个“曾”，完成了时空上的移位与重叠。故地重游，绿杨依旧，一如当初折柳相望、依依不舍之时。谁料如今物是人非，竟只剩下自己孤独漫游。昨天，今天，两个既同又异、亦幻亦真的片段彼此交叠，便多了一层深婉迷离的意趣。这种不经意间营造的时空错乱，仿佛幻觉，也接近了思念的极致。

“不语垂鞭，踏遍清秋路”，看似平铺而下，其实布局精巧。“不语”承接首句的惝恍迷离的状态，而“垂鞭”已将词人的思绪引回到现实之中。“垂鞭”意指词人心绪沉重，纵马缓行。马足所及，又轻轻勾连“踏遍”一句。从时间上看，这两句完成了从“昨”到“今”的交接，回忆转瞬即逝，只剩下冰冷的现实和意念成灰的自己；而从空间上看，这两句将思绪由“折柳处”引向了“衰草连天”更为广袤的空间。

“衰草连天无意绪，雁声远向萧关去”，词人在现实中痛感自己的孤单无依，也不得不面对无边无际的“清秋”“衰草”，无力地抵挡着秋意凄凉的侵蚀。意犹未尽，“雁声”又将秋意带到“萧关”更遥远的地域；一个“远”字，令愁情绵延不尽。

“不恨天涯行役苦”，极言行役的遥远漫长。苦不堪言，偏偏还说“不恨”，翻出新意，更为后文伏笔。

“只恨西风，吹梦成今古”，出语新巧奇警，含意蕴藉深长。风吹梦，本来给人无限迷离怅惘的意味，“西风”陡增了几分凌厉残酷，只因词人所要抒发的是天涯羁旅的怨恨。把梦吹成了“今古”属于词人首创，在前面对空间极力拓宽的基础上，完成了对时间的无限延伸，将词的时空结构变得更加辽阔苍茫。

“明日客程还几许，沾衣况是新寒雨”，一片雨色里，计算着明日的行程。全词笼罩在朦胧凄冷的情调之中。

在这首小令里，词人着意拓展诗歌的时空，令天之悠悠、地之茫茫，无时不怀想，无处不相思，写出了思念之极致，在叙写行役之苦的同时，也流露出怀古伤今之慨。

◎轶闻异物录

温庭筠

温庭筠，名岐，字飞卿，唐代诗人、词人。太原祁（今山西祁县）人。出生于没落贵族家庭，为唐初宰相温彦博后裔。富有天赋，文思敏捷，每入试，押官韵，八叉手而成八韵，故有“温八叉”或“温八吟”之称。恃才不羁，又好讥刺权贵，多犯忌讳，又不受羁束，纵酒放浪，屡试不第，一生坎坷。唐宣宗朝试宏辞，温庭筠代人作赋，因扰乱科场，被贬为隋县尉。后襄阳刺史署为巡官，授检校员外郎。不久离开襄阳，客于江陵。唐懿宗时曾任方城尉，官终国子助教。

温庭筠精通音律，诗词兼工。诗与李商隐齐名，时称“温李”。其诗辞藻华丽，浓艳精致，内容多写闺情。词刻意求精，注重文采和声情，成就在晚唐诸人之上，尊为“花间派”鼻祖，对词的发展影响很大。在词史上，与韦庄齐名，并称“温韦”。文笔与李商隐、段成式齐名，三人都排行十六，故合称“三十六体”。诗今存三百多首，有清顾嗣立重为校注的《温飞卿集笺注》。词今存七十余首，收录于《花间集》《金荃词》等书中。

蝶恋花·出塞

今古河山无定据[①]，画角声中，牧马[②]频来去。满目荒凉谁可语[③]？西风吹老丹枫树。

从前幽怨[④]应无数，铁马金戈[⑤]，青冢[⑥]黄昏路。一往情深深几许[⑦]？深山夕照深秋雨。

◎注释

①无定据：没有一定。

②牧马：古代的战马。

③谁可语：有谁来和我一起谈谈。

④从前幽怨：指过去各民族、各部族间的战事。

⑤铁马金戈：形容威武雄壮的士兵和战马。代指战事。

⑥青冢：王昭君的墓，相传冢上草色常青。

⑦一往情深深几许：化用欧阳修《蝶恋花》“庭院深深深几许”句意。几许：多少。

◎译文

从古至今江山兴亡都无定数，眼前仿佛战角吹响，战马来来去去，黄沙遮日满目荒凉，又有谁可同语？只有萧瑟的西风，吹拂着鲜红的老枫树。

从前愁苦凄凉的往事无穷无尽，铁马金戈南征北战，最终只剩日落黄昏青草掩藏着坟墓。满腹幽情情深几许，夕阳照射下，深山飘洒着潇潇秋雨。

◎创作背景

这首词，当为康熙二十一年（1682年）八月纳兰与副统郎坦等出塞远赴梭龙途中所写，时年二十八岁。

ML

◎赏析

这首词通过描写塞外古战场，抒发了对历代兴亡和历史变迁的感慨。

“今古河山无定据”，首句以议论开篇，简朴的文字有一种历史纵深感，而且形成一种笼罩全篇的氛围。“今古”二字包括古往今来。面对大好河山，多少风云人物你争我夺，但谁也没有永久地据有这些地方。

“画角声中，牧马频来去”，此二句白描，描绘出一幅塞外和平图景，画角声声，矫健的牧马频频来去。

“满目荒凉谁可语？西风吹老丹枫树”，这二句仍用描写，放眼望去，整个塞北平沙万里，西风飒飒，只有那几株枫树又一次被吹红了叶子。使人联想起为争夺这块土地鏖战厮杀时尸横遍野、血流成河的惨烈景象。红叶又一次把人带进了对历史的回忆，加深了作品的纵深历史感。

“从前幽怨应无数”，面对古战场的凄凉景色，郁结在心头的愁怨实在太多。

“铁马金戈，青冢黄昏路”，概括了战、和两种办法。自古以来，为了争夺江山，时战时和，或二者并用，这就是历史。

“一往情深深几许？深山夕照深秋雨”，以景结情，抒发感触：回顾历史，面对塞外古战场，词人对自己的祖国一往情深。这深情犹如夕阳余晖照射下，深山之中的绵绵秋雨。

作为康熙帝的贴身侍卫，作者经常要随圣驾出巡，他的心中充满报国豪情，但也不想通过一将功成万骨枯的方式成就理想抱负，所以在尾句中又恢复了多情本色，将无限深情融入无言的景物之中。其中，既包含了豪放，又充满了柔情，甚至还可以体味到些许凄凉与无奈。

这首词以景写情，以情带景，虚实对比，手法娴熟而精到。

王昭君

王昭君（约前54年—前19年），名嫱，字昭君（一说昭君非表字），乳名皓月，西汉南郡秭归（今湖北宜昌兴山县）人，与貂蝉、西施、杨玉环并称我国古代四大美女，是我国古代四大美女之“落雁”。晋朝时为避司马昭讳，改为明妃、王明君。

前54年，南匈奴呼韩邪单于被哥哥北匈奴郅支单于打败，向汉朝称臣归附，成为汉朝属国，汉宣帝将其安置在长城外的光禄塞下，呼韩邪三次入朝朝贡。前33年正月，呼韩邪来长安朝觐天子，以尽藩臣之礼，并自请为婿。元帝遂将宫女王昭君赐给呼韩邪。她到匈奴后，被封为“宁胡阏氏”，阏氏是王后的意思，象征她将给匈奴带来和平、安宁和兴旺。后来呼韩邪单于在西汉的支持下控制了匈奴全境。

昭君出塞，不但结束了匈奴多年的分裂和战乱，而且为中原王朝的大一统奠定了基础。此外，使当时相对落后的少数民族因向往中原先进制度而学习、效仿中原的制度，从而得以发展、壮大。昭君出塞也加强了双方的交流。因此，王昭君一直为古代人民所怀念。

苏幕遮[1]·枕函香[2]

枕函香，花径漏[3]。依约相逢，絮语黄昏后。时节薄寒人病酒，刬（chǎn）地[4]梨花，彻夜东风瘦。

掩银屏，垂翠袖。何处吹箫，脉脉情微逗[5]。肠断月明红豆蔻[6]，月似当时，人似当时否？

◎注释

①苏幕遮：唐教坊曲名，后用作词牌名，又名“鬓云松”“鬓云松令”。双调，共六十二字。

②枕函香：枕头上留有余香。

③花径漏：花径泄露春光。

④刬地：依旧，照样。

⑤逗：引发，触动，此处指被箫声牵引出感情。

⑥豆蔻：多年生草本植物，有红豆蔻、白豆蔻、肉豆蔻等品种，又名相思豆。因花叶开时情状撩人，文人多托以比目连理意。此处喻所恋之人。

◎译文

枕头上还留有余香，花径里尚存留春光。恍惚间与她相遇，仿佛来到原来相约的地点，在夕阳下细语呢喃。在病酒之后的黄昏，梨花一夜之间在东风中凋零飘落。

而今却银屏重掩，影只形单。在孤单中又听到了脉脉传情的箫声。此时月光正照在红豆蔻之上，那时曾月下相约，如今月色依旧明亮，她是否依然如旧时模样？

◎创作背景

这首词应作于康熙十六年（1677年）前，在清凉月夜的环境下，作者怀念所爱之人，于是写下这首词。

◎赏析

这首词上片描写梦境情事，下片描写现实之境，表达了词人对所爱之人的痴情怀念。全词伤感凄清，层次分明。

“枕函香，花径漏。依约相逢，絮语黄昏后”，起首四句写回忆里的室外情景：在花径泄露春光，枕头都留有余香的美好日子里，他与伊人在黄昏时见面，絮语温馨，情意绵绵。

“时节薄寒人病酒，刬地梨花，彻夜东风瘦”，这里运用“梨花”“瘦”等意象暗喻了她也为相思而受尽煎熬。此中情景都是想象之语，而以实笔出之。

“掩银屏，垂翠袖”，写她在闺房里，寂寞地掩着屏风，青绿色的衣袖低低垂下，似是欲说还休。

“何处吹箫，脉脉情微逗”，词人的心魂由彼处倏然飞回此处。他依稀听到了她那脉脉传情的箫声，只是不知人在何处。

“肠断月明红豆蔻”，如今夜色沉凉，月光照在院中的红豆蔻上，那红豆蔻无忧无虑开得正盛，让人触景伤情。

“月似当时，人似当时否”，于是又联想到曾与她同处在月下的情景，而如今月色依然，人却分离。在这月的孤独落寞中，昔日繁华凋零，词人反问这句清丽而沧桑的“月似当时，人似当时否”，更显情深意浓，凄凉之意历历可见。

全词描写月夜怀念所爱之人的痴情，柔情婉转，语言轻灵，如同丽人姿容初展，风神微露。

◎轶闻异物录

古代对年轻女子的年龄称谓

金钗之年：女孩十二岁。

豆蔻年华：女子十三岁。

及笄：女子十五岁。

碧玉年华：女子十六岁。

桃李年华：女子二十岁。

花信年华：女子二十四岁。

摽梅之年：女子出嫁年龄的统称。

青玉案[①]·宿乌龙江[②]

东风卷地飘榆荚[③]，才过了，连天雪。料得香闺香正彻。那知此夜，乌龙江上，独对初三月。

多情不是偏多别，别离只为多情设。蝶梦百花花梦蝶。几时相见，西窗剪烛[④]，细把而今说。

◎注释

① 青玉案：词牌名，又名“一年春”“西湖路”“青莲池上客”等。双调六十七字，前后段各六句，五仄韵。另有双调六十七字，前后段各六句、四仄韵；双调六十八字，前后段各六句、四仄韵等十二种变体。

② 乌龙江：指松花江。

③ 榆荚：榆树的子荚，夏天结荚。

④ 西窗剪烛：语出唐代李商隐《夜雨寄北》：“何当共剪西窗烛，却话巴山夜雨时。”词中指与所思之妻子聚谈。

◎译文

连天的大雪刚刚停止，东风刮过，将地面飘落的榆荚卷起。想到你的闺房里应该正燃着熏香，馨芳满室，你可知道，我今夜在这乌龙江畔，独自忍受着三月的凛冽严寒。

不是越多情的人有更多的伤心离别，而是离别只能伤害多情人。我们出现在彼此梦中，就像蝴蝶梦见百花，百花梦见蝴蝶。不知什么时候才能相见，那时定要彻夜长谈。

◎创作背景

康熙二十一年（1682 年）春，容若外出公干，因为牵挂家中，便写下这首词，抒发行役在外、思念爱妻的深情。

◎赏析

这首词表现的是词人对妻子的思念之情。

“东风卷地飘榆荚，才过了，连天雪”，东风刮过，带着寒冷，将地面飘落的榆荚卷起，飞舞空中。夏天刚刚过去，冬天就要来了。对于没有秋天的黑龙江，词人十分不适应，看到“才过了，连天雪”，不禁感慨时光匆忙，天地之大，自己竟然与妻子隔了这么远，流露出词人心头的凄凉之意。

“料得香闺香正彻”，想到妻子的房间里定然是花团锦簇，可是自己却在这天寒地冻的远方，词人心中也要不平衡了。

“那知此夜，乌龙江上，独对初三月”，在黑龙江的夜里，想念着远方的妻子，渴望有朝一日的团聚。那时再回想起自己曾独自一人在远方思念亲人，幸福感必定会更加强烈。

“多情不是偏多别，别离只为多情设”，或许这正是上天对相亲相爱的人们的考验，要用离别去考验他们之间的真情。

“蝶梦百花花梦蝶”，此时自己与爱妻尚在别离之中，只能在梦中见到对方。

“几时相见，西窗剪烛，细把而今说”，盼望着回去的那一天，便可以和亲人们在窗前安然地诉说着今日的愁苦。

这首词以写黑龙江的早寒之景而起，委婉道出自己忧愁郁闷的心境，以如梦如幻的笔法写出怀人之感。全篇亦实亦虚、虚实结合，淋漓尽致地表现出词人对爱妻的相思情意。

◎轶闻异物录

李商隐

李商隐是晚唐乃至整个唐代诗坛中，为数不多的刻意追求诗意美的诗人。他的诗歌构思新奇，风格秾丽，尤其是一些爱情诗和无题诗，写得缠绵悱恻，优美动人，广为传诵。但部分诗歌过于隐晦迷离，难于索解，以致有“诗家总爱西昆好，独恨无人作郑笺”之说。

李商隐的诗歌博采众家之长。他悲怆哀怨的情思和香草美人的寄托手法来源于屈原，他诗歌意旨的遥深、归趣难求的风格又与阮籍有相通之处。杜甫诗歌沉郁顿挫的风格与忧国忧民的精神，齐梁诗歌的富丽精工以及李贺诗歌幽微奇丽的象征手法和风格都影响了李商隐。李商隐的一些长篇古体，雄放奇崛又近于韩愈；他还有少数诗歌脱胎于六朝民歌，清新流丽纯用白描。李商隐善熔百家于一炉，所以能自成一家，成为晚唐诗坛的又一座高峰。

月上海棠[①]·中元[②]塞外

原头野火烧残碣[③]，叹英魂才魄暗消歇[④]。终古江山，问东风几番凉热。惊心事，又到中元时节。

凄凉况是愁中别，枉沉吟千里共明月。露冷鸳鸯，最难忘满池荷叶。青鸾[⑤]杳，碧天云海音绝。

◎注释

① 月上海棠：词牌名，又名“海棠月”，双调七十字。

② 中元：中元节，农历七月十五日，又称“七月半”“鬼节”。逢此日佛家作盂兰盆会，道家作斋醮，以超度亡灵，追荐死者。民间则祭祖扫墓、放荷灯、演目连救母戏等。

③ 残碣：残碑。

④ 消歇：消失。

⑤ 青鸾：青鸟，神话中西王母身边传递消息的鸾鸟，后代指传递爱情信息的书信、信使等。

◎译文

野火烧过，原野上的残碑上又添了烧痕，不知道石碑纪念的那位英雄，如今魂归何处。我想问春风，是否知道这千古江山经历了几番变迁，发生过多少惊心动魄的故事，一转眼又到了七月中元节。

凄凉的时节，自己在外远行，望着同样照耀着千里之外的你的明月，我独自沉吟。最难忘的是满池荷叶，现在露水凉了，只怕池里的鸳鸯也禁不住寒，青鸟也不能为我们传递消息，我们相隔太远。

◎创作背景

康熙二十三年（1684年）七月十五日，纳兰随驾塞外，看到原野上的残碑，思念家乡的亲人，不禁心生感慨，写下这首词。

◎赏析

这首词既有对于历史上英魂才魄的悼念，又有闺中伤离怨别之意，幽思惆怅，低回飘渺，古今情、思乡情交织浑融，凄恻哀婉之至。

“原头野火烧残碣，叹英魂才魄暗消歇”，野火燎原，灼烧着残破的墓碑。那些曾经是英烈的墓，英雄的肉身被时间腐蚀，甚至连魂魄也得不到安宁的归宿。

“终古江山，问东风几番凉热”，自古以来，漫漫历史长河中，多少英雄豪杰为江山折腰，不惜舍弃自己的生命。豪杰均已成灰，原头野火猖狂。词人问东风，眼前的这片江山曾经历过怎样的世间冷暖？不同于任何一首怀古诗的豪迈悲壮，词人的追忆，带着看透世事之后的苍凉，还有与生俱来的阴郁气质。

“惊心事，又到中元时节”，这两句为转折，点明写作此篇的背景。“惊心”二字一出，便可知词人心里有了多大的起伏。猛然发觉，又是一年中元节到了，然而，独在异乡的词人却不能回家，想到这里，更是愁苦。

“凄凉况是愁中别，枉沉吟千里共明月”，更让人感到凄凉的是，别离时也满心愁绪。独自吟诵那千里共明月的诗句，虽不免仍是黯然神伤，但却可聊以自慰。

“露冷鸳鸯，最难忘满池荷叶”，寒露凄冷，连相互依偎的鸳鸯都觉得难以忍受这般寒冷。词人所能忆起的离别，便是这样的凄然。

“青鸾杳，碧天云海音绝”，词人本想寄托哀思，荒凉的边塞却连一个信使都没有，满腔的愁怨和思念无处诉说，更令词人孤独寂寞。

这首词的结构不同于纳兰词以往的风格，他先是怀古，再是怀人，最后落笔在了自己的一腔愁怨上。值得称道的是，他藏家国大业于胸中，把儿女情怀放心上，让儿女柔情与英雄豪气完美地融合在同一首词里。

◎轶闻异物录

中元节

中元节，别名七月半、七月十五日、祭祖节、盂兰盆节、地官节，节日习俗主要有祭祖、放河灯、祀亡魂、焚纸锭、祭祀土地等。“中元节”是道教的叫法，民间世俗称为“七月半”或“七月十五”。它的产生可追溯到上古时代的祖灵崇拜以及相关时祭。节期与古老文化中的阴阳消长循环之理有关，在《易经》中，“七”是一个变化的数字，是复生之数。七月乃吉祥月、孝亲月，七月半是民间初秋庆贺丰收、酬谢大地的节日，有若干农作物成熟，民间按例要祀祖，用新米等祭供，向祖先报告收成。该节是追怀先人的一种传统文化节日，其文化核心是敬祖尽孝。

七月十四、十五祭祖是流行于汉字文化圈诸国以及海外华人地区的传统文化节日，与除夕、清明节、重阳节均是中华民族传统的祭祖大节。

一丛花[①]·咏并蒂莲

阑珊[②]玉佩罢霓裳，相对绾红妆[③]。藕丝风送凌波[④]去，又低头、软语[⑤]商量。一种情深，十分心苦，脉脉背斜阳。

色香空尽转生香，明月小银塘。桃根桃叶终相守，伴殷勤、双宿鸳鸯。菰（gū）米[⑥]漂残，沈（chén）云[⑦]乍黑，同梦寄潇湘[⑧]。

◎注释

①一丛花：词牌名，双调，七十八字，前后段各七句，四平韵。

②阑珊：零乱、歪斜。

③绾红妆：两朵莲花盘绕，连在一起。

④凌波：本来是指女子步履轻盈，若行水面，后代指美女，这里借指并蒂莲。

⑤软语：柔和委婉的话语。

⑥菰米：又名“雕胡米”。李时珍《本草纲目·谷二·菰米》〔集解〕引苏颂曰：“菰生水中……至秋结实，乃雕胡米也，古人以为美馔。今饥岁，人犹采以当粮。”

⑦沈云：即“沉云”，浓云，阴云。

⑧潇湘：指湘江。相传舜之二妃娥皇、女英因其南巡不返，死于湘水。这里借二妃代指并蒂莲。

◎译文

那两朵并蒂莲，好像是歪斜戴着玉佩的美女，刚刚跳完霓裳羽衣舞，相对而视，各自打扮梳妆。一阵轻柔的微风吹过，它们又低下头来，好像在柔声地商量。它们有着一样的思念和忧伤，含情脉脉，背对着夕阳。

花朵娇艳的色泽褪去，但气味却更加浓香。在银色月光的照耀下，池塘里的并蒂莲相依相守如桃根桃叶一样，陪伴着双宿双栖的鸳鸯。残余的菰米漂在水中，低沉的乌云渐浓，它们把同样的情寄托在一个人身上。

◎创作背景

这首词为酬唱之作，应当写于康熙十八年（1679年）秋，当时顾贞观南下返京后不久，同时酬唱者还有严绳孙等。

◎赏析

这是一首咏物词，歌咏对象是并蒂莲，生动刻画了并蒂莲的形貌色泽，不粘不脱，饶富情致。

“阑珊玉佩罢霓裳，相对绾红妆”，莲花茎干一枝，花开两朵，花盘连在一起，好像是舞罢霓裳、玉佩阑珊的仙子。这时候，正面对着面，梳理红妆。

“藕丝风送凌波去，又低头、软语商量”，荷花香里，藕丝飘风，仿佛处身于水晶宫殿。微风过处，花枝有如仙子，步履轻盈，踏水而来。间或低下头，喃喃细语，好像正商量些什么。

“一种情深，十分心苦，脉脉背斜阳”，荷花的根长在水底，藕丝漫长；花里的莲心却将所有的苦深深蕴藏，默默不语，背向着斜阳。

“色香空尽转生香，明月小银塘”，尽管即将叶残、香消，但它的姿态却永远令人难忘。

“桃根桃叶终相守，伴殷勤、双宿鸳鸯”，明月东升，小荷塘披上银装。阵阵清香，仍旧在月色中弥漫。并蒂莲花，既像是桃根桃叶，姊妹双双，又像是桃树的根和叶，连在一起，终生相守。而月色之下，殷勤相伴的，还有双宿鸳鸯。

“菰米漂残，沈云乍黑，同梦寄潇湘”，夜已深，阴云忽

然聚拢，月亮如同残留水中的菰米一般，时隐时现。多么希望能够像娥皇、女英那样，追随舜帝，寄梦潇湘。

全篇借用神话故事、历史传说等，勾画出并蒂莲的神韵，使词人的性情深蕴其中，意含深远，耐人寻味。

◎轶闻异物录

娥皇女英

娥皇、女英，又称皇英。长名娥皇，次名女英，是我国古代神话传说中帝尧的两个女儿，姐妹同嫁帝舜为妻。女英生儿子商均。舜父顽，母嚚，弟劣，曾多次欲置舜于死地，终因娥皇、女英帮助而脱险。舜继尧位，娥皇、女英为妃，后舜至南方巡视，死于苍梧。二妃往寻，得知舜帝已死，埋在九嶷山下，抱竹痛哭，泪染青竹，泪尽而死，因称“潇湘竹”或“湘妃竹”。自秦汉时起，湘江之神湘君与湘夫人的爱情神话，被演变成舜与娥皇、女英的传说。后世附会称二女为“湘夫人”。

剪湘云[1]·送友

险韵[2]慵拈，新声醉倚，尽历遍情场，懊恼曾记。不道当时肠断事，还较而今得意。向西风、约略数年华，旧心情灰矣。

正是冷雨秋槐，鬓丝憔悴，又领略愁中送滋味。密约重逢知甚日，看取青衫[3]和泪。梦天涯、绕遍尽由人，只樽前迢递[4]。

◎注释

①剪湘云：顾梁汾自度曲。

②险韵：诗韵术语，指用艰僻字押韵，而又能化艰僻为平妥，无凑韵之弊。

③青衫：这里指仕途失意的人。

④迢递：连绵不绝貌。

◎译文

慵懒地拣选生僻难押的诗韵，创制新的词牌。历遍了情场，还记得当初那些懊恼，没想到当时让人伤心断肠的事，也比今天的遭际要好。在秋风里，大略计算着逝去的年华，疏狂不羁的心忽然黯淡下来。

冷雨打着秋槐，人已憔悴。在愁绪中为好友送别更令人神伤。想要约定重逢的日子，却不知何时如愿，只是不住流泪。在梦中相约行遍天涯如此容易，在持酒伤怀的别离时刻，我们虽面对面却已觉异常遥远。

◎创作背景

这首词的具体创作时间待考。

◎赏析

诗言志，词言情。这首词是写友人惜别时的难受场面。纳兰将这首词写得别具一格，独树一帜，整体的艺术表现力极强，有别于其他的送友词。

“险韵慵拈，新声醉倚”，词一开篇便说到了填词，词人的意见是用新声填词，不用险韵。所谓“险韵”是指韵字生僻难押的诗韵。词的写作，看似随意，其实难度很大，要写出词境，更要符合韵律，仿佛一首歌一样，要美中带着规律。这首送友词，在一开篇便提到了写词，的确有些出乎意料。

“尽历遍情场，懊恼曾记”，历情场万千，而今却懊恼不已。词人是一个多情之人，饱受多情之苦，为情所困。在这里，他也毫不隐瞒自己的弱点。

“不道当时肠断事，还较而今得意”，他为此懊恼不已。可是比起今日的惆怅，往日的那些却又算不了什么。

“向西风、约略数年华，旧心情灰矣”，数数自己度过的年华，真是没有几件值得高兴的事情。词人此刻的心情并不是所有人都可以理解的，他出身富贵，却始终郁郁寡欢。友人要离他而去，对词人来说，无疑是一个打击，所以他此刻万念俱灰，只能提笔写词，表达内心的寂寥。

“正是冷雨秋槐，鬓丝憔悴，又领略愁中送滋味”，正是冷雨清秋时节，自己面容憔悴，只因为内心凄凉。而今看到朋友离开，更是饱受挣扎的痛苦。

“密约重逢知甚日，看取青衫和泪”，词人将与友人离别的情节描写得入木三分，十分传神，写景之中也写情。白居易贬官江州司马时所作诗《琵琶行》有云:“座中泣下谁最多,江州司马青衫湿。”后用青衫喻指失意官吏。词人沿用前人典故,写出今日自己的心情,更显落寞。

“梦天涯、绕遍尽由人,只樽前迢递”,化用韦应物《春宵燕万年吉少府南馆》诗句“河汉上纵横,春城夜迢递”的意境,形容时间久长,相思难忍。

这首词短小精悍,语言生动,富有节奏感,把含蓄与明快融为一体,形式与内容融合得很好。

◎轶闻异物录

险　韵

险韵是诗韵术语,一般有两种解释:一是在平水韵中,按照韵部所辖字数的多寡,可以把韵分为宽韵、中韵、窄韵、险韵四类。险韵指其中所辖字数极少的韵部,包括上三江、上九佳、下三肴、下十二侵、下十五咸。写诗用这些韵,可供选择的韵脚极少,有一定难度。二是指语句用艰僻字押韵,人觉其惊警险峻而又能化艰僻为平妥,无凑韵之弊。

历代诗人中也有故意押险韵以炫技的。如唐朝韩愈喜用险韵,宋朝苏轼曾用“尖”“叉”二字为韵,旧时推为险韵中的名作。另外如唐代杜甫、王维,宋代李清照、辛弃疾,清代陈维崧等,他们的诗词作品中选用险韵的例子也较多。

东风齐著力[①]·电急流光[②]

电急流光，天生薄命，有泪如潮。勉为欢谑，到底总无聊。欲谱频年离恨，言已尽、恨未曾消，凭谁把、一天愁绪，按出琼箫[③]。

往事水迢迢，窗前月，几番空照魂销。旧欢新梦，雁齿[④]小红桥。最是烧灯时候[⑤]，宜春髻[⑥]（jì）、酒暖蒲萄[⑦]。凄凉煞、五枝青玉[⑧]，风雨飘飘。

◎注释

①东风齐著力：词牌名，双调九十二字，前段十句四平韵，后段九句五平韵。

②电急流光：时间过得太快，犹如电闪流急。

③琼箫：玉箫。

④雁齿：原比喻排列整齐的物体，后多用于比喻桥的台阶。

⑤烧灯时候：指元宵时节。

⑥宜春髻：旧时春日妇女所梳的髻。因将"宜春"字样贴在彩胜上，故名。

⑦蒲萄：即葡萄。

⑧五枝青玉：指所燃的灯。《西京杂记》曰：咸阳宫有青玉玉枝灯，高七尺五寸，作蟠螭，以口衔灯，灯燃，鳞甲皆动。

◎译文

时光如闪电飞逝，你天生薄命，过早离开了我，让我泪流如潮。纵使我勉强欢笑，但还是难以持久，到头来总是无聊。想写下这些年来对你的思念，词写完了，心中的愁绪却消失不了。是谁在用玉箫吹奏我给你写的新词，让我这一天里无法排遣的郁闷瓦解冰消。

往事如水一般流走，窗前的那一轮明月，又一次照着销魂的人。又梦到往事，曾经与你站在那座有台阶的小红桥上。那是花灯怒放的元宵佳节，你梳着美丽的发髻，为我暖上葡萄美酒。如今风雨飘摇，那在元宵节盛放过的寂寞孤灯，只叫人断肠伤情。

◎创作背景

这首悼亡之作，其中有“欲谱频年离恨”的语句，又有“烧灯”“宜春髻”等描写，结合含有迎春意思的词牌《东风齐著力》，可推断写于卢氏去世两三年后的某个春节。

◎赏析

全词一咏三叹，今昔交错，将满腔愁绪寄托于玉箫声中，箫声瑟瑟，情味深深，使人凄凉断肠。

词以“电急流光”开篇，四个字就渲染出一种急骤感，以下继以“天生薄命”“有泪如潮”两个四字句，十二个字写出三层意思，哀痛澎湃，难以遏制。

“勉为欢谑，到底总无聊”，节奏放缓，既然是春节时期，总需顾及和乐气氛，然而欢谑毕竟勉强为之，内心深处的枯淡无味到底无法排遣。

“欲谱频年离恨，言已尽、恨未曾消，凭谁把、一天愁绪，按出琼箫”，想要填词制曲，以纾解愁怀，可是词曲非但不能消恨，反而是幽幽咽咽的箫声，吹出了漫天的凄苦。

上片连用“到底”“欲谱”“凭谁”等虚灵的修饰语，正衬托出深沉的哀怨。

“往事水迢迢，窗前月，几番空照魂销。旧欢新梦，雁齿小红桥。最是烧灯时候，宜春髻、酒暖蒲萄。凄凉煞”，写几件往事，“窗前月”“雁齿小红桥”“宜春髻”与“酒暖蒲萄”，字里行间都闪动着温暖的笑靥。但其中点缀的“空”“旧欢”“最是”等字，却让温暖转成冰冷，笑靥也化为凄凉，从而引出“凄凉煞”三字。

“五枝青玉，风雨飘飘”，那些往事，连同自己与爱妻的命运，包括这无味的人生，不是都像眼前这美轮美奂的灯火，飘动，脆弱，很容易就化入虚无了吗？

在纳兰的悼亡词中，这首不太著名，但情意纯挚，功力深厚，动人处不亚于某些名作。尤其“东风齐著力”是很冷僻的词牌，《全宋词》仅见胡浩然《除夕》一首。而纳兰写出这一首，可见他的过人才情。

◎轶闻异物录

冷僻词牌“东风齐著力”

“东风齐著力”，词牌名，为南宋胡浩然自度曲。调见南宋武陵逸史《草堂诗余》所辑胡浩然词。

西汉戴圣《礼记·月令》云：“孟春之月，东风解冻。”又唐人曹松除夕夜诗：“残腊即又尽，东风应渐闻。”东风：春风。著力：着力，尽力。胡浩然词题注：“除夕。”词中有“残腊收寒，三阳初转，已换年华”“园林秀色，百草萌芽”句，所以调名本意就是咏除夕过了，希冀春风劲吹。

典范词作包括宋代胡浩然《东风齐著力·除夕》，明代高濂《东风齐著力·花朝》，清代纳兰性德《东风齐著力·电急流光》，清代顾太清《东风齐著力·燕子来时》。

满江红[①]·茅屋新成，却赋[②]

问我何心？却构此、三楹[③]（yíng）茅屋。可学得、海鸥无事，闲飞闲宿[④]。百感都随流水去，一身还被浮名束。误东风迟日[⑤]杏花天，红牙曲[⑥]。

尘土梦，蕉中鹿[⑦]。翻覆手[⑧]，看棋局。且耽闲[⑨]殢（tì）酒[⑩]，消[⑪]他薄福。雪后谁遮檐角翠，雨余好种墙阴绿。有些些[⑫]欲说向寒宵，西窗烛。

◎注释

①满江红：词牌名，又名“上江虹”“满江红慢”“念良游”“烟波玉”“伤春曲”“怅怅词”。以柳永《满江红·暮雨初收》为正体。另有双调九十三字，前段八句五仄韵，后段十句六仄韵；双调九十三字，前段八句四平韵，后段十句五平韵等变体。

②却赋：再赋。却：再。

③三楹：房屋一间为一楹。这里或说三间茅屋，或为泛指。

④海鸥无事，闲飞闲宿：据《列子·黄帝》记载，海边有人喜爱海鸥，每天早晨都会来海边和海鸥一同游玩。他的父亲得知，让他把海鸥抓来。第二天他再到海边，海鸥只在天上飞旋，不再飞落到他的身边了。纳兰暗用此典，表达向往海鸥那样闲适遨游的生活之意。

⑤迟日：春日，语出《诗经·豳风·七月》“春日迟迟”。

⑥红牙曲：拍击着红牙板歌唱。

⑦蕉中鹿：形容世间事物真伪难辨，得失无常，有成语“蕉叶覆鹿”。

⑧翻覆手：比喻世事无常，是非莫辨。

⑨耽闲：白白耽搁。

⑩殢酒：纵情饮酒。

⑪消：享受。

⑫有些些：有少量，有一点点。些些：湖北麻城、四川云阳等地方言。

◎译文

我为什么要修建三间茅屋，你最清楚。多想像那自由自在的海鸥一样，能够随心所欲地飞翔，让一切烦恼都付之流水。但现实却是，我如今还被这虚名给牢牢地束缚着。我白白地耽搁了东风的轻拂、杏花天的美丽，于是我拍击红牙板歌唱。

世事变幻如梦，像蕉叶藏鹿真假难辨。变化莫测，如同棋局反复无常。我暂且乐得清闲，与酒为伴，享受一些微薄的福分。欣赏着大雪之后屋檐角闪烁的那一丁点儿翠绿，雨后靠墙栽种的绿苗，寒夜里摇曳的灯烛，我还有一点点心里话想对你说。

◎创作背景

康熙二十三年（1684年），纳兰修建茅屋三间，招待友人顾贞观回京居住。茅屋修筑完，纳兰写下这首词，表达了自己不爱功名、不爱尘网，却被浮名束缚的无奈和对隐逸闲适生活的向往之情。

◎赏析

纳兰这首词与以往的赠友词有所不同，这次他没有一味抒发怀念，而是侧重叙志，字里行间表达了词人对现实生活的愤懑之情。

“问我何心？却构此、三楹茅屋”，这话问得蹊跷。在风景秀丽的渌水亭旁边修几间中看不中用的茅屋，但句子却是相当的流畅明了。

“可学得、海鸥无事，闲飞闲宿”，词人自圆其说，道是可以闲居于此，就像自由自在的海鸥那样，无忧无虑，自得其乐。纳兰淡泊功名，向往过陶渊明那种不问世事的悠闲生活。

“百感都随流水去，一身还被浮名束”，这是看破红尘的觉悟。生命如水，忙忙碌碌之间，一切都已经流逝。所有才情、所有雄心壮志都将被风雨吹打得七零八落，而我岂能还为虚妄的功名利禄所缚？

“误东风迟日杏花天，红牙曲”，生活的底蕴究竟是什么？几千年来，这个问题一直困扰着一代又一代人。有的追名逐利，有的独善其身，有的舍生取义，有的苟且偷生。而词人选择寄情山水，歌以咏志。

“尘土梦，蕉中鹿。翻覆手，看棋局”，点出所以要摆脱“浮名束”的原因，设想如何打发今后的生活。如今世事反复无常，当袖手旁观，将其作为一局棋来看待。

“且耽闲殢酒，消他薄福”，既然世事无常，何不躲避在一边，纵酒吟诗，自在悠闲，也算是安享一份微薄的福气。

“雪后谁遮檐角翠，雨余好种墙阴绿。有些些欲说向寒宵，西窗烛”，大雪之后屋檐角闪烁的那一丁点儿翠绿，雨后靠墙栽种的绿苗，寒夜里摇曳的灯烛，这就是词人所期望的生活意趣。

这首词以细腻的笔触、铺陈与用典，表达了纳兰渴望摆脱宦海羁绊，避开现实去过田园悠闲生活的心情。

◎轶闻异物录

博闻强识的王粲

王粲（177年—217年），字仲宣。山阳郡高平县（今山东微山两城镇）人。东汉末年文学家，“建安七子”之一，太尉王龚曾孙、司空王畅之孙。

王粲少时即有才名，博闻强识。《三国志·魏书·王粲传》说他生性善于计算，并且擅长写文章，一挥而就，从来不用修改，时人常常以为他是预先写好的，但他们尽管反复精心构思，写出的文章也没法超过王粲。

《三国志·魏书·王粲传》记载的两件小事，证明了王粲确实是一个记忆力超强的人。

一天，王粲和友人同行，看见路边有座古碑，就站在那儿朗读起来。友人问他："你能背诵吗？"王粲回答："能。"友人当即叫他转过身去背诵碑文，结果一字不差。

还有一次，王粲看别人下围棋，有人不小心碰乱了棋子，他说能帮着人家按原来的局势把棋子重新摆好。下棋的人不信，拿出块手帕盖在棋盘上，让他换个棋盘重摆，结果，连一点儿误差也没有。

满江红·代北燕南[①]

代北燕南，应不隔、月明千里。谁相念、胭脂山[②]下，悲哉秋气[③]。小立乍惊清露湿，孤眠最惜浓香腻。况夜乌啼绝四更头，边声[④]起。

消不尽，悲歌意；匀[⑤]不尽，相思泪。想故园今夜，玉阑谁倚？青海[⑥]不来如意梦，红笺[⑦]（jiān）暂写违心字。道别来浑是不关心，东堂桂[⑧]。

◎注释

① 代北燕南：泛指山西、河北一带。代北：原指汉、晋时期的代郡，唐以后指代州北部等。燕南：泛指黄河以北地区。

② 胭脂山：即燕支山。在古匈奴境内，以产燕支（胭脂）草而得名。因其地水草丰美，宜畜牧，为塞外宝地。古诗中多代指值得怀念之地。

③ 秋气：指秋日的凄清、肃杀之气。

④ 边声：指边境上羌管、胡笳、角号等诸多声响。

⑤ 匀：抹。

⑥ 青海：本指青海省内最大的咸水湖，北魏时始用此名。后喻边远荒漠之地。

⑦ 红笺：红色笺纸，多用来题写诗词等，这里是指书写信札。

⑧ 东堂桂：对科举考试及第的称谓。语出《晋书·郤诜传》："郤诜以对策上第，拜仪郎。后迁官，晋武帝于东堂会送，问诜曰：'卿自以为何如？'诜对曰：'臣举贤良对策，为天下第一。犹桂林之一枝，昆山之片玉。'"

◎译文

你我天南地北，却不能阻隔明月共照千里。我伫立秋夜风中，承受寒冷凄清，好梦难成。已近四更，城乌夜啼，边声四起，此刻谁又在远方，挂念着塞外苦寒的我呢？

悲歌不胜消受，悲泪暗流不止。在家乡的故园里，谁又在独倚着栏杆同样伤神？只恨无梦可慰相思，唯有违心写下的书信自慰。我并不关心自己的仕途，只想早点见到你。

◎创作背景

康熙二十二年（1683年）秋，纳兰性德随扈五台山。在一个月夜，词人因怀念妻子辗转难眠，写下此词。

◎赏析

这首词以明月为媒介，以月照边地想到了千里之外的亲人，表达了词人对妻子的思念之情。

“代北燕南，应不隔、月明千里”，这是写千里之外共享一轮明月。

“谁相念、胭脂山下，悲哉秋气”，表达此时身在塞外的词人独自伤悲的心情。

“小立乍惊清露湿，孤眠最惜浓香腻”，描绘相思的情景。

“况夜乌啼绝四更头，边声起”，以此刻边声、乌啼烘托相思之苦的无助。

月的力量是无形又有形的，月光同时弥补了两地难以逾越的距离，使词人的思绪飞跃于两地之间，频频更换的场景模糊了边地与闺房的界限。“秋气”“清露”“孤眠”“边声”描绘了词人身边的环境，秋天乍寒的天气，望着明月，孤枕难眠，边境上撩人思乡的“边声”时时传来，这让词人非常想念家中的妻子，想念妻子身上那美好的味道。词意层层转进，曲折婉转。

“消不尽，悲歌意；匀不尽，相思泪”，身处边声四起的边塞，那思乡的曲调，那悲凉的歌曲，让词人情不自禁地流下相思的泪水。

“想故园今夜，玉阑谁倚”，由此想到妻子，会不会倚靠着玉阑，也正思念着自己呢？

“青海不来如意梦，红笺暂写违心字”，怨恨无梦可慰相思之痛，只好寄信写相思，但有些事、有些话终究未能开口道来。

“道别来浑是不关心，东堂桂”，结尾宕开，是“违心字”的延伸。以思妇之口，道出了征人的不关心思念自己。语虽平淡，但却更显情致绵长深婉。因遥远的距离之隔产生的抱怨与误解恰恰表现出了与妻子感情笃挚、意气相投的底蕴。

全词意象繁密，情感细腻，寓意深沉，在缠绵悱恻的思念中平添了慷慨悲凉之气。

◎轶闻异物录

胭脂山

焉支山，是我国甘肃的名山，又称胭脂山、燕支山、删丹山、大黄山、青松山、瑞兽山，现代地理常标注为大黄山。坐落在河西走廊蜂腰地带的甘凉交界处，位于山丹县、永昌县交界。东西长约三十四公里，南北宽约二十公里。属祁连山支脉。

“焉支”源出匈奴语，有多种语意，这里意为“天后”。相对于匈奴以祁连山为“天”山，焉支山为“天后”山。

焉支山中水草丰美，自古为天然优良牧场，是主要水源涵养林地。山区林场建有焉支山森林公园。

焉支山地势险要，异峰突起，为古今军事要地，自古就有“甘凉咽喉”之称。南麓的大马营滩、大河坝滩，自汉朝以来为历代官马场。汉武帝时，骠骑将军霍去病将万骑，出陇西，过焉支山与匈奴战，斩八千多人。

满庭芳[①]·题元人芦洲聚雁图

似有猿啼，更无渔唱，依稀落尽丹枫[②]。湿云[③]影里，点点宿宾鸿[④]。占断[⑤]沙洲寂寞，寒潮上、一抹烟笼。全不似、半江瑟瑟，相映半江红。

楚天秋欲尽，荻花吹处，竟日冥濛[⑥]。近黄陵祠庙[⑦]，莫采芙蓉。我欲行吟去也，应难问、骚客遗踪。湘灵杳[⑧]、一樽遥酹[⑨]（lèi），还欲认青峰。

◎注释

① 满庭芳：词牌名，又名“锁阳台”“话桐乡”“满庭花”等。双调九十五字，前片四平韵，后片五平韵。

② 丹枫：经霜冷红的枫叶。

③ 湿云：指水面上湿度很大的云气。

④ 宾鸿：鸿雁、大雁。

⑤ 占断：占尽，全部占有。

⑥ 冥濛：幽暗不明。

⑦ 黄陵祠庙：即黄陵庙。传说为舜帝二妃娥皇、女英之庙，亦称二妃庙，在今湖南省湘阴县之北。

⑧ 湘灵杳：舜妃的踪影已杳不可见。湘灵：一说为湘水之神；一说为舜妃，即湘夫人。此处指后者。

⑨ 酹：以酒浇地，表示祭奠。

◎译文

看着这幅画，我仿佛能听到猿啼，却没有渔人歌唱的声音，红色的枫叶已经落尽。云雾掩映里，还能看到点点雁影飞过。轻烟缥缈朦胧，笼罩在寂寞的沙洲与寒冷的水面上。一点儿不像白居易所描绘的江边傍晚美丽的景象。

已近深秋，芦花处处，一片空蒙的景象。在靠近黄陵庙的地方，千万不要采摘荷花。我想要行吟而去，而这荒凉的路上应该寻不到前辈诗人的踪迹。湘灵的踪影更是无从寻觅，于是我举杯遥祭，然后细细辨认那几座青峰。

◎创作背景

纳兰容若与好友严绳孙等人一同欣赏《芦洲聚雁图》，各自填词题画，容若所写的就是这首《满庭芳》。严绳孙于康熙十四年（1675年）南归，这首词当写于康熙十二年至十四年（1673年—1675年）间。

◎赏析

这首词化用典故，是对原画作思想内涵的提升和再创作。

“似有猿啼，更无渔唱，依稀落尽丹枫”，推出大雁聚集的地点芦洲，仿佛听得到猿猴的啼叫声，但听不到渔人的歌声，眼下只有即将落尽红叶的枫树，依稀可见。这是大雁聚集的处所。

“湿云影里，点点宿宾鸿”，是对雁群自身的描绘。水面上，充满湿度很大的云气。云影里，点点宾鸿，正在寻找自己的栖身之地。这是刚刚聚集在一起的情状，似乎仍未完全安定下来。

“占断沙洲寂寞，寒潮上、一抹烟笼”，进一步描绘雁群，雁群占领沙洲，朦胧烟水，有如一抹轻纱，将整个沙洲掩盖。“寂寞”二字，说明此时大雁已安稳栖息。

“全不似、半江瑟瑟，相映半江红”，归纳此时所见芦洲景象，已完全不是以往诗篇所呈现“半江瑟瑟半江红”之景。

“楚天秋欲尽，荻花吹处，竟日冥濛”，天高云淡，但秋天终于也到了尽头，荻花飘处，整日里都是冥濛一片。节气的变换，为画图中情事，亦为人境之情事。这是一种承接与过渡。

“近黄陵祠庙，莫采芙蓉”，道及黄陵庙，由自然物象，转向社会事相。这是传说中大舜二妃娥皇、女英的祠庙。眼下，野庙半间，芙蓉相对而泣，但舜妃的踪影，已杳不可见。

“我欲行吟去也，应难问、骚客遗踪”，道及屈子，由帝妃到骚客。将游于江潭，行吟泽畔，同样寻找不到踪影。

“湘灵杳、一樽遥酹，还欲认青峰”，以酒浇地，表示祭奠，祭奠楚天湘水包括帝妃、骚客在内的所有精灵。

全词上片写景下片写情，构思巧妙。纵览全篇，上片写画境，“似有”“更无”“全不似”是虚写；天际湿云，江上寒烟，点点归鸿是实写。虚实结合，以虚衬实。下片写情思，在芦花冥濛中，浮想联翩，楚文化瑰丽的辞章，神奇的传说，都灌注到心头。

◎轶闻异物录

题画诗

题画诗是一种艺术形式。在中国画的空白处，往往由画家本人或他人题上一首诗。诗的内容或抒发作者的感情，或谈论艺术的见地，或咏叹画面的意境。如清代方薰所云：“高情逸思，画之不足，题以发之。”(《山静居画论》) 这种题在画上的诗就叫题画诗。

题画诗是绘画章法的一部分，它通过书法表现到绘画中，使诗、书、画三者之美极为巧妙地结合起来，相互映衬、丰富多彩，增强了作品的形式美感，构成了中国画的艺术特色。宋以前的许多赞美绘画或对绘画有感而发的诗歌，虽不题在画上，从广义上讲，也算是题画诗。

中国画非常讲究“意境”，往往画中题诗，诗画互补，使意境更加深远。再在画面加盖红印章，使中国画集诗、书画、印于一身，形成了独特的艺术形式，使人在读诗看画、看画赏诗之中，充分享受艺术美。

水调歌头·题岳阳楼[①]图

落日与湖水，终古岳阳城。登临半是迁客[②]，历历数题名。欲问遗踪何处，但见微波木叶[③]，几簇打鱼罾[④]。多少别离恨，哀雁下前汀[⑤]。

忽宜雨，旋宜月，更宜晴。人间无数金碧[⑥]，未许[⑦]著空明[⑧]。澹墨生绡[⑨]（xiāo）谱就，待倩横拖一笔，带出九疑[⑩]青。仿佛潇湘夜，鼓瑟[⑪]旧精灵[⑫]。

◎注释

①岳阳楼：位于今湖南省岳阳市西门的著名古城楼。相传三国吴鲁肃最早在这里建阅兵台，唐开元四年（716年）中书令张说谪守巴陵时在此基础上重建。唐代著名诗人如李白、杜甫、白居易、李商隐等都有歌咏岳阳楼之作。宋庆历五年（1045年）滕子京谪守巴陵郡时再次重修，范仲淹为此撰《岳阳楼记》，遂使此楼名声大噪。1977年，此楼复修葺。

②迁客：被贬斥放逐的人。

③微波木叶：水波微微泛动，树叶枯黄。《九歌·湘夫人》："袅袅兮秋风，洞庭波兮木叶下。"

④罾：用木棍或竹竿做支架的方形渔网。

⑤汀：水边平地。

⑥金碧：金黄和碧绿的颜色，此处指金碧色山水画。

⑦未许：未如此。

⑧空明：空旷澄澈。

⑨生绡：未漂煮过的丝织品，古代多用以作画。

⑩九疑：亦作"九嶷"，即九嶷山，在湖南省宁远县南。

⑪鼓瑟：弹瑟，即湘灵鼓瑟。

⑫精灵：指湘灵。

◎译文

这岳阳楼的落日与湖水，自古以来都是岳阳城的名胜。来到这里的，大都是迁客骚人，留下了无数不朽的诗句。但要问寻他们的遗踪，却只能看到洞庭微波，木叶凋零，几处渔网横卧。人世间多少离恨，都如同这寂寞的哀雁飞下孤洲。

无论风雨晴空，无论明月暮霭，都各具风情。人间无数精美的金碧山水画，都不及它的澄澈空明。只用淡墨生绢摹画，巧妙地横向拖出一笔，那青色的九疑山便呈现出来，就如同在这潇湘夜色中，湘水之神正弹奏着古瑟般栩栩如生。

◎创作背景

这首词为题画而作，应当作于康熙十六年（1677 年）前，具体创作时间不详。

◎赏析

这首词择取与岳阳楼有关的典故、诗词，化用于词中，把图画中的景与心中的情交织融合为一体，于自然之中流露出对画家所画岳阳楼的赞赏，表达出词人对与岳阳楼相关人事兴衰的感慨，体现出词人胸中郁勃雄健的气概。

“落日与湖水，终古岳阳城。登临半是迁客，历历数题名”，前四句侧重于描绘岳阳楼图画面，基本把画面主题点染出来，营造出一种清凄浩大的氛围。

“欲问遗踪何处，但见微波木叶，几簇打鱼罾”，这里词人化用屈原诗句，抒发了光阴流转而前人早已成云烟的怅惘之情。

“多少别离恨，哀雁下前汀”，明是写哀雁，实则是词人的自哀。

“忽宜雨，旋宜月，更宜晴。人间无数金碧，未许著空明”，词人感叹，画面气象万千，人间有无数精美的金碧山水画，但是没有一幅画得如此空旷澄澈。

“澹墨生绡谱就，待倩横拖一笔，带出九疑青”，画者用淡墨生绢摹画，巧妙地横向拖出一笔，就把九疑山的神韵勾勒出来。

“仿佛潇湘夜，鼓瑟旧精灵”，整幅画面好像在潇湘月夜里，湘女之神正弹奏着古瑟。此时的纳兰身陷宦海，囿于京城，终究无法像前人那样无拘无束，行吟万里。因此，他只好在图画里抒发自己的感慨。

这首词打破了上景下情的常规，用词灵动而一气呵成，笔法浑成，音节铿锵，流畅自然。

◎轶闻异物录

江南三大名楼

江南三大名楼指：江西南昌的滕王阁、湖北武汉的黄鹤楼、湖南岳阳的岳阳楼。它们是我国古代中华民族传统建筑艺术独特风格和辉煌成就的杰出代表，象征着中华文明五千年积淀的文化、艺术和传统。

滕王阁，位于江西省南昌市东湖区西北部沿江路赣江东岸，始建于唐永徽四年（653年），由李元婴任洪州都督时修建，属于我国古代的皇家歌舞楼阁，后因初唐诗人王勃的《滕王阁序》中诗句“落霞与孤鹜齐飞，秋水共长天一色”而名扬天下，存世千年。

黄鹤楼，位于湖北省武汉市武昌蛇山峰岭之上，始建于三国时代东吴黄武二年（223年），因唐代诗人李白“黄鹤楼中吹玉笛，江城五月落梅花”，崔颢“昔人已乘黄鹤去，此地空余黄鹤楼。黄鹤一去不复返，白云千载空悠悠”的千古绝句，名扬四海。

岳阳楼，位于湖南省岳阳市的西门城头，紧靠洞庭湖畔，始建于三国东吴时期。自古有“洞庭天下水，岳阳天下楼”之誉，因北宋范仲淹脍炙人口的《岳阳楼记》而著称于世。

琵琶仙[1]·中秋

碧海[2]年年，试问取、冰轮[3]为谁圆缺？吹到一片秋香，清辉[4]了如雪。愁中看好天良夜，争知道尽成悲咽。只影而今，那堪重对，旧时明月。

花径里、戏捉迷藏，曾惹下萧萧井梧叶[5]。记否轻纨小扇[6]，又几番凉热。只落得、填膺百感，总茫茫、不关离别。一任紫玉[7]无情，夜寒吹裂。

◎注释

① 琵琶仙：词牌名，原为姜白石的自度曲。双调，一百字。上片十一句四仄韵，下片八句四仄韵。

② 碧海：有两解，一为传说中的海名，一指蓝色的海洋。东方朔《十洲记》曰："扶桑在东海之东岸。岸直，陆行登岸一万里，东复有碧海。海广狭浩汗，与东海等。水既不咸苦，正作碧色，甘香味美。"明李梦阳《去妇词》中有"解黄金顷刻成，那知碧海须臾变"之句，在此为第二解。

③ 冰轮：月亮的别称，用以形容皎洁的满月。唐王初《银河》云："历历素榆飘玉叶，涓涓清月湿冰轮。"

④ 清辉：指明亮的月光。这句意思是，秋风把一片秋花吹开了，明亮的月光犹如白雪。

⑤ 井梧叶：井边的梧桐树叶。

⑥ 轻纨小扇：即纨扇。

⑦ 紫玉：指笛箫，因截紫竹所制而名。南宋陈允平《少年游·斜阳冉冉水边楼》词中云："拍点红牙，箫吹紫玉，低按小梁州。"

◎译文

碧海青天，年年如此，而云间的月亮，却为何时圆时缺？今夜里，金风送爽，画栏桂树悬挂着一缕秋香，月光就像白雪一般晶莹澄澈。谁知道，这好天良夜，却让人忧愁，让人悲咽。孤身只影，怎么可面对旧时明月。

那时节，也是这样的中秋夜，你和我花径里捉迷藏，曾经将金井梧桐的霜叶惊落。手上轻巧的小纨扇，至今又经历几番凉热。一时间不由百感丛生，但这又与相思离别无关。面对旧时明月，只好让无情的紫玉箫，于寒风中吹裂。

◎创作背景

这首词可能写于康熙十六年（1677 年）中秋。这年五月，纳兰的妻子卢氏病故。

◎赏析

这首词以清新凝重又不无伤感的笔调描绘了中秋时节月下的景色。

“碧海年年，试问取、冰轮为谁圆缺”，在苍茫的夜色中，作者抬头仰望天空，中秋月圆，其景何其美好；然而他却触景生情，发此疑问。这里，读者似乎看出了他心中的悲凉：日月轮回不断，春花秋月年年，这些都只会令他徒增烦恼；是因为佳人不在，如今的他孤身一人吗？

“吹到一片秋香，清辉了如雪”，不知哪里吹来的秋风，带来一阵芬芳；月亮的清辉笼罩了周围寂寞的空气，如同冰雪一样寒冷。这是写景，却是寄情于景，情景交融，寒冷的是清辉还是他那颗受伤的心？

“愁中看好天良夜，争知道尽成悲咽”，回想往昔，那一生一代一双人，曾经花前月下，欣赏这良宵美景。

“只影而今，那堪重对，旧时明月”，道出了作者“尽成悲咽”的缘由：原来是故人不在，作者在思念他的亡妻；然而明月不谙离恨苦，偏要打动他那颗敏感脆弱的心，叫他情

何以堪。

“花径里、戏捉迷藏，曾惹下萧萧井梧叶”，明月下，芳丛里，词人与心上人嬉戏游玩，虽然并未着墨描摹具体情状，但在梧桐叶的缓缓飘落中，纵情的欢笑声，亲昵的玩闹声，在一片月色下朗朗可闻，其人之天真烂漫，其情之亲密无间，已不言自明。词人对故人往事的深深思恋，直抵人心深处。

“记否轻纨小扇，又几番凉热。只落得、填膺百感，总茫茫、不关离别。一任紫玉无情，夜寒吹裂”，只是光阴荏苒，轻纨小扇轻摇又摇走了几番寒暑，去者不可追，如今只剩下词人中宵独立，而明月还是当时的明月，清辉未减分毫。中秋月光照耀，本该是众家欢聚之时，词人心中却荒凉如大漠，吹裂紫玉箫也难散愁心。

词中有对在中秋月下嬉戏欢乐的追怀依恋，有对“只影而今”的孤单失落的伤感悲叹，而“总茫茫、不关离别”一语又顿使全篇升华。

◎轶闻异物录

东方朔

东方朔（约前161年—前93年），字曼倩，西汉平原郡厌次县人，西汉时期著名的文学家。汉武帝即位时，曾征召四方士人，东方朔上书自荐，诏拜为郎。后任常侍郎、太中大夫等职。他性格诙谐，言词敏捷，滑稽多智，常在武帝前谈笑取乐。他曾言政治得失，陈农战强国之计，但当时的皇帝始终把他当俳优看待，不予重用。

东方朔一生著述甚丰，有《答客难》《非有先生论》等名篇。亦有后人假托其名的作品。明人张溥汇为《东方太中集》。

水龙吟[①]·题文姬[②]图

须知名士倾城，一般易到伤心处。柯亭[③]响绝，四弦[④]才断，恶风吹去。万里他乡，非生非死，此身良苦。对黄沙白草，呜呜卷叶，平生恨、从头谱。

应是瑶台伴侣[⑤]，只多了、毡裘夫妇[⑥]。严寒觱（bì）篥[⑦]（lì），几行乡泪，应声如雨。尺幅重披[⑧]，玉颜千载，依然无主[⑨]。怪人间厚福，天公尽付，痴儿骙[⑩]（ái）女。

◎注释

① 水龙吟：词牌名。又名“龙吟曲”“庄椿岁”“小楼连苑”“水龙吟令”“水龙吟慢”等。双调一百零二字。

② 文姬：蔡文姬，名蔡琰，字文姬，生卒年不详。陈留圉（今河南杞县南）人，为西汉大文学家蔡邕之女。博学能文，有才名，通音律。初嫁河东卫仲道，夫亡无子，归母家。汉献帝兴平（194 年—195 年）中，天下乱，为乱军所虏，流落南匈奴十二年，生二子。后曹操以金璧赎还，改嫁董祀。有《悲愤诗》二首传世。

③ 柯亭：即柯亭笛。相传蔡邕用柯亭之竹制笛。柯亭位于今浙江省绍兴市西南，此地盛产良竹。晋伏滔《蔡邕长笛赋》序云：“邕避难江南，宿于柯亭。柯亭之观，以竹为椽。邕仰而盱之曰：‘良竹也。’取以为笛，奇声独绝。历代传之，以至于今。”

④ 四弦：指蔡文姬所弹奏的琵琶。琵琶为四根弦。

⑤ 瑶台伴侣：蔡文姬本可以成为汉家的贵妇人，或是宫中的后妃。瑶台：美玉砌筑之楼台，代指华丽之楼阁，或神仙所居之处，此处借指汉家天子。

⑥ 毡裘夫妇：指蔡文姬嫁给匈奴单于之事。毡裘：指古代北方游牧民族以皮毛制成的衣服，也用来代指其君长。

⑦ 觱篥：古代簧管乐器名，又称“笳管”“管头”。出自西域龟兹，后传入内地。唐刘商《胡笳十八拍》第七拍：“龟兹愁中听，碎叶琵琶

夜深怨。”

⑧ 尺幅重披：用图画重新描绘了文姬赴漠北的情景。尺幅：以小幅的绢或纸作画。披：披露，陈述。

⑨ 依然无主：源自传说为蔡文姬所写的《胡笳十八拍》：“天灾国乱兮人无主，唯我薄命兮没胡虏。”

⑩ 骙：痴，愚。

◎译文

要知道，名士和美女一般都是容易动情生愁的。柯亭笛响已绝，精通音律之才已矣，文姬因战乱被虏往胡地。万里迢迢的他乡，她生不能生，死不得死，此身确实辛苦。她用卷叶吹奏出呜呜的笛音，将此生所有的愁怨，从头谱曲。

她本应成为汉家的贵妇，却做了胡人的妻室。塞北严寒，凄厉的笳管声中，她思念的泪水如雨。重新展开《文姬图》细看，千载悠悠，她美好的容颜依旧，只是孑然一身。怪只怪老天尽把人间的厚福，都给了那些庸庸碌碌之人。

◎创作背景

这首词的具体创作时间待考。由题目可以看出，这是词人给《文姬图》所写的一首题画词，旨在表达自己有着与文姬类似身世的惆怅心情。

◎赏析

这首词通过描写词人与文姬之间的相似经历，真实地表达了词人内心的惆怅与忧愁，不满现实的情绪跃然纸上。

“须知名士倾城，一般易到伤心处”，名士与美人，多情而又敏感，最易兴发愁思，触动伤心情绪。这是起调，为总叙。接下来，列述文姬事迹。

“柯亭响绝，四弦才断，恶风吹去。万里他乡，非生非死，此身良苦”，柯亭笛声，奇异独特，而今已成绝响；天生禀赋，能辨四弦之音，弦索也已中断；遭遇恶风侵袭，沦落他乡，于万里之外，死生不由自主。

“对黄沙白草，呜呜卷叶，平生恨、从头谱”，面对着黄沙白草，呜呜卷叶，蔡文姬感伤乱离，追怀悲愤，只好把平生怨恨，谱写在诗篇当中。歌词所歌咏，正与文姬身世相合。

“应是瑶台伴侣，只多了、毡裘夫妇”，如文姬这样的人物，本来应当与相匹配的贵人结为瑶台伴侣，谁知却远嫁匈奴，成为毡裘夫妇。作者的思绪，由遥远的过去，回到眼前的画图当中来。

“严寒觱篥，几行乡泪，应声如雨”，极力描写塞外的寒冷，凄厉的觱篥声，思乡的泪水，就像滂沱的雨水一样倾泻而下。

“尺幅重披，玉颜千载，依然无主”，尺幅画卷，将文姬赴漠北的情景，重新加以披露，只可惜，玉颜千载，至今依然找不到自己的归宿。

“怪人间厚福，天公尽付，痴儿騃女”，为什么上苍总是那么不公正？生来像文姬一样聪慧的美人，往往遭遇厄运，而一般痴儿愚女，却偏偏得到人间厚福。歌词所赞叹的，既在画图当中，也已超出画图之外。

作为一首题画词，词人将场景的描摹与蔡文姬的身世结合，流露出对她坎坷一生的深切同情和深沉悲叹，颇有慷慨不平之气。

◎轶闻异物录

才女蔡文姬

蔡琰，生卒年不详，字文姬，别字昭姬，陈留郡圉县（今河南杞县）人，东汉时期女文学家，文学家蔡邕之女。

蔡文姬博学多才，擅长文学、音乐、书法。初嫁于卫仲道，丈夫死后回家。南匈奴入侵时，为匈奴左贤王所掳，生育两个孩子。曹操统一北方后，花费重金将其赎回，嫁给董祀。

《隋书·经籍志》著录有《蔡文姬集》一卷，今已失传，只有《悲愤诗》二首传世。“文姬归汉”的故事，广为流传。

水龙吟·再送[1]荪友南还

人生南北真如梦，但卧金山[2]高处。白波东逝[3]，鸟啼花落，任他日暮。别酒盈觞[4]（shāng），一声将息[5]，送君归去。便烟波万顷，半帆残月[6]，几回首，相思苦。

可忆柴门深闭，玉绳低[7]、翦灯夜雨[8]。浮生[9]如此，别多会少，不如莫遇。愁对西轩[10]，荔墙[11]叶暗，黄昏风雨。更那堪几处，金戈铁马[12]，把凄凉助。

◎注释

① 再送：严绳孙南归时，纳兰性德先写《送荪友》诗相送，再作此词，故曰“再送”。

② 但卧金山：在金山上高卧。卧：“高卧”之意，形容悠然归隐的生活。金山：山名，指江苏镇江西北之金山。这里代指荪友之家乡。

③ 白波东逝：这里是说光阴流逝。白波：水流，此处喻指时光。

④ 盈觞：满杯，把酒杯斟满。

⑤ 将息：珍重，保重。

⑥ 半帆残月：弯月映照着小船。这里意在表示伤感。

⑦ 玉绳低：夜已深。玉绳：北斗七星之斗杓，在北斗第五星玉衡之北，即天乙、太乙二星。《太平御览》卷五引《春秋纬·元命苞》：“玉衡北两星为玉绳。”

⑧ 翦灯夜雨：雨夜剪烛火灯花。翦同“剪”。语出南宋史达祖《绮罗香·咏春雨》：“记当日、门掩梨花，翦灯深夜雨。”

⑨ 浮生：指人生。纳兰性德《送荪友》诗有“人生何如不相识，君老江南我燕北。何如相逢不相合，更无别恨横胸臆”句。

⑩ 轩：这里指有窗的长廊。

⑪ 荔墙：即薜荔墙。荔：薜荔之省称，又叫木莲。

⑫ 金戈铁马：指战争，其时正值“三藩之乱”，严绳孙南还，距离战区愈近。纳兰填此词时“三藩”刚刚平定，但收复台湾、雅克萨，平定噶尔丹等战事仍在进行中。

◎译文

人的一生南北漂泊，四处奔走，宛如幻梦，现在你终于可以高卧金山之上，看大江东去，伴鸟啼花落，任凭夕阳西下而无所牵挂。离别的酒已倒满酒杯，道一声珍重，愿你平安返回故乡。烟波浩渺的漫漫长路上，午夜梦回，只有孤帆残月相伴时，你是否会回头北望，思念远方的知己朋友呢？

你可曾想起那夜，我们紧闭柴门，一直到深夜之时，还在灯前说着知心的话语。但是人生就是这样，别离的时候多，相聚的时日少，还不如我们从来就没有相遇过。黄昏之时，我孤独一人，对着西轩寂寞忧愁，昏暗的薜荔墙上，叶子在风雨中飘摇晃动，更有频繁的战事，使我心中愈加凄凉。

◎创作背景

康熙十二年（1673 年），十九岁的纳兰容若与严绳孙结识，成了忘年之交。之后，严绳孙应纳兰容若的邀请在明珠府借住了两年，二人作诗词互相酬唱，无所不谈。康熙十八年（1679 年），严绳孙举博学鸿词科，授翰林院检讨，后迁右春坊中允、翰林院编修等职。康熙二十四年（1685 年）四月，严绳孙告假南归，向纳兰容若告辞。纳兰性德对好友的离开伤心不已，前后共写下五首词相赠，足见二人情谊深厚。这首《水龙吟》便是其中之一。

◎赏析

这是一首赠别词，全词用词精练，却意蕴深含。它超脱了纳兰词固有的私人情感滥溢的局限，境界极高。

“人生南北真如梦”，起笔不凡，抛出了“人生如梦”这等文人常叹之语，其后接以自己总挂在嘴边的归隐之念，令全词的意境在开篇时便显得空远阔大。

“但卧金山高处。白波东逝，鸟啼花落，任他日暮”，白描勾勒出的情景或许是此时，也或许是想象：看江水东流，花开花落，莺歌燕语，任凭时光飞逝，这是何等惬意。

“别酒盈觞，一声将息，送君归去”，在逍遥洒脱的词境中，词人转入送别，用语精练，但自有深情。自古送别总是断肠时，古时不比如今，一别之后或许就是此生再难相见，古人或许在自己的生死上能豁达一些，却对于友人的离别无可奈何。

“便烟波万顷，半帆残月”，眼前离别之情装满了酒杯，词人却只能一声叹息，目送友人离去。而离去之后，天地便换了风光，词人再用想象之语遥想友人归途中的情景，将思念之情寓于景物描写之中。

“几回首，相思苦”，最后以友人回首相思这一意象结束，含蓄深沉，同时和下面的“可忆柴门深闭”一句相呼应，使上下片在结构上更加严谨，过渡更加自然。

“可忆柴门深闭，玉绳低、翦灯夜雨”，词人忆起了柴门紧闭、斗转星移、夜雨畅谈的时光，然而聚少离多是人生莫大的悲哀。

“浮生如此，别多会少，不如莫遇”，多少可以看出词人的一些悲观情绪，词人似乎总在相遇时间问题上自寻烦恼，他曾说“人生若只如初见，何事秋风悲画扇”，但人在时间面前终归是渺小的，时间不可逆转正是种种迷惘痛苦的根由。

“愁对西轩，荔墙叶暗，黄昏风雨”，转笔又是白描写景，如今离别，又兼愁风冷雨，四字小句将悲凉的气氛层层渲染开去。

“更那堪几处，金戈铁马，把凄凉助”，将国事与友情融为一体，词的境界因而变得更加深沉阔大。

词人填完此词一个月后，便溘然长逝。这次离别之后，两人便真的没有了再次相见的机会。但即使隔着数百年时间，凝聚在词句中这种怆然伤别的深挚友情，依旧令今天的读者感叹不已。

◎轶闻异物录

金山寺

金山寺位于今江苏镇江市区西北的金山上，始建于东晋。距市中心三公里。金山寺布局依山就势，使山与寺融为一体。寺内主要建筑有天王殿、大雄宝殿、观音阁、藏经楼、方丈室等。金山寺自创建以来，经历代修葺，古迹甚多，其中主要有：慈寿塔、法海洞、妙高台、楞伽台（又名苏经楼）、留云亭（又名“江天一览亭”）等。

金山是江南佛教圣地，梁武帝在金山设立了庄严隆重的水陆道场，诵经设斋、礼佛拜忏、追荐亡灵。金山寺至今已有一千六百多年历史，总共有过八十一位方丈。全盛时期有和尚三千多人，僧侣数万人。清朝时期与普陀寺、文殊寺、大明寺并列为我国的四大名寺。1983 年，金山寺被定为全国重点寺院。

齐天乐[①]·上元

阑珊火树鱼龙舞，望中宝钗楼远[②]。靺（mò）鞨[③]（hé）余红，琉璃剩碧，待属[④]花归缓缓。寒轻漏浅。正乍敛烟霏[⑤]，陨星如箭[⑥]。旧事惊心，一双莲影藕丝断[⑦]。

莫恨流年似水，恨消残蝶粉[⑧]，韶光忒浅[⑨]。细语吹香，暗尘笼鬓[⑩]，都逐晓风零乱。阑干敲遍。问帘底纤纤，甚时重见？不解相思，月华今夜满。

◎注释

①齐天乐：词牌名，又名“齐天乐慢”“五福降中天”“五福丽中天”“如此江山”“台城路”。双调一百二字，前段十句五仄韵，后段十一句五仄韵。另有双调一百三字，前段十句五仄韵，后段十一句六仄韵；双调一百四字，前段十句五仄韵，后段十一句五仄韵等变体。

②宝钗楼远：佳人居住的楼阁相距遥远。宝钗楼：唐宋时咸阳酒楼名。南宋陆游《林酒》诗曰：“但恨宝钗楼，胡沙隔咸阳。”自注：“宝钗楼，咸阳旗亭也。”这里指想念中的情人居所。

③靺鞨：一种宝石的名字。

④待属：待要斟酒相劝。属：注入，《仪礼·士昏礼》：“酌玄酒，三属于尊。”郑玄注：“属，犹注也。”

⑤乍敛烟霏：烟雾刚刚散去。

⑥陨星如箭：灯火如同箭一般划过天空。陨星：流星，这里指元宵灯火。

⑦一双莲影藕丝断：与相思的情人远离，音讯断绝。

⑧消残蝶粉：艳妆消退。蝶粉，又作“蜓粉”，唐人宫妆。

⑨韶光忒浅：美好的时光过于短暂。

⑩暗尘笼鬓：指鬓发被暗中的尘雾笼罩。

◎译文

灯火已经渐渐变得黯淡，远远望去，酒楼渐行渐远。灯火渐稀，游人们都缓缓地回家了。轻薄的寒气袭人，漏壶里的水也快要滴完了。烟雾正在逐渐聚集，上元节的烟花如一支支箭划过天际。一双莲花形的灯影，勾起往事历历，令人惊心，情思再难断。

不要恼恨时间的一去不返，只恨春光易逝，美好的时光总是那么短暂。她细细的柔语和清新的香气，她的芳鬓被夜间看不清的尘雾遮蔽，一切美好的记忆都随拂晓之风逝去，只留零星的片段。敲遍栏杆，问帘底佳人，何时再相见？相思无处解，今夜月色满。

◎创作背景

这首词具体创作时间待考。爱人不在，岁月已逝，词人在上元节时出去游玩，睹景思人，故而写下了这首词。

◎赏析

这首词应当是怀念恋人或悼念亡妻之作，通过描写上元节后灯火阑珊的情景，表达词人的惆怅与悲伤。

“阑珊火树鱼龙舞”，首句便道出上元节夜里的繁华景象，元宵佳节，家人团聚，上街观灯赏花，好不热闹。词人此处写的火树鱼龙舞，正是当时社会上元宵节的热闹场景。

“望中宝钗楼远”，所谓“宝钗楼”是指歌楼酒肆，描写元宵节欢度之后，人们逐渐散去的场景，热闹过后愈发寂寞。那些本来还人满为患的酒肆饭庄，忽然之间就成了空阁，看到这些，词人内心不禁一阵寂寥。

“靺鞨余红，琉璃剩碧，待属花归缓缓”，花灯闹市间的花花绿绿，远看起来，仿佛琉璃般星星点点，十分美丽。可惜，这美丽只是一晚上的光阴而已，在夜深时分，这花灯会熄灭，这美丽也会黯淡。

“寒轻漏浅。正乍敛烟霏，陨星如箭”，词人总是能轻而易举地就从美好的事物中抽身出来，想到凄惨的过往，元宵佳节，本是赏灯愉悦的日子，可是在观赏完花灯之后，词人却又想起了过去。

“旧事惊心，一双莲影藕丝断”，那不堪回首的往事，仿佛一支利剑，穿透他的心，在美丽的夜色中，让他感受到了痛彻心扉的疼痛。

“莫恨流年似水，恨消残蝶粉，韶光忒浅”，红颜已逝，岁月不饶人，想当日大好的青春时光，是多么意气风发。可现如今，却是人老心老，已经完全找不到当日的影踪了。

“细语吹香，暗尘笼鬓，都逐晓风零乱”，每一句都透露出词人内心的烦忧，与相爱的人不能见面，这份痛楚不是人人都能够理解的。

“阑干敲遍。问帘底纤纤，甚时重见”，什么时候才能够重相见，词人是在问自己，也是在问苍天。可是，他的痛苦只有自己知道，因为月亮不知道人的相思，偏偏要在今夜团圆。

“不解相思，月华今夜满”，真是天不知人情恨，偏偏要以圆月捉弄，这人世间的情恨，果真与自然并不相通。

这首词看似写的是上元节的热闹景象，其实是在写热闹深处的寂寞心事。词人借自己在上元节的所遇所想，表达了对爱人的怀念之情。

陌上花开缓缓归

吴越王钱镠（liú）的庄穆夫人吴氏，每年寒食节必归临安。钱镠是个性情中人，与结发妻子感情深厚。一旦吴氏回家住得久了，便要带信给她：或表思念，或示问候，其中也有催促之意。那一年，吴妃又去了临安娘家。钱镠在杭州料理政事，一日走出宫门，却见凤凰山脚，西湖堤岸已是桃红柳绿，万紫千红，想到与吴氏夫人已是多日不见，不免生出几分思念。回到宫中，便提笔写上一封书信，虽只不过寥寥数语，但却情真意切，细腻入微，其中有这么一句："陌上花开，可缓缓归矣。"

九个字，平实温馨，情愫尤重，让吴妃当即落下两行珠泪。此事传开去，一时成为佳话。

清代学者王士祯曾说："'陌上花开，可缓缓归矣'，二语艳称千古。"后来还被人编成山歌，叫作《陌上花》，在民间广为传唱。

齐天乐·塞外七夕

白狼河[①]北秋偏早，星桥[②]又迎河鼓[③]。清漏频移，微云欲湿，正是金风玉露[④]。两眉愁聚。待归踏榆花，那时才诉。只恐重逢，明明相视更无语。

人间别离无数。向瓜果筵[⑤]前，碧天凝伫。连理千化，相思一叶[⑥]，毕竟随风何处。羁栖[⑦]良苦。算未抵空房，冷香[⑧]啼曙。今夜天孙[⑨]，笑人愁似许。

◎注释

① 白狼河：今大凌河，在辽宁省境内，词中泛指边地。

② 星桥：神话中的鹊桥。北周庾信《舟中望月》诗云："天汉看珠蚌，星桥似桂花。"

③ 河鼓：星名，属牛宿，在牵牛之北，主军鼓。一说就是牵牛星。《史记·天官书》说："牵牛为牺牲。其北河鼓，河鼓大星，上将；左右，左右将。"《尔雅·释天》则谓："何鼓谓之牵牛。"

④ 金风玉露：秋风和白露，借指秋天。南宋秦观《鹊桥仙》词云："金风玉露一相逢，便胜却人间无数。"

⑤ 瓜果筵：古代七夕夜有摆食瓜果的习俗。

⑥ 相思一叶：唐范摅《云溪友议》记载："宣宗时，舍人卢渥偶临御沟，得一红叶，上题绝句一首，后帝出宫人，其归渥者，恰为题叶之人。"

⑦ 羁栖：滞留他乡。

⑧ 冷香：指花、果的清香或清香的花，词中代指女子。

⑨ 天孙：星名，即织女星，指传说中巧于织造的仙女。

◎译文

白浪河北边的秋天来得较早，又到了牛郎织女鹊桥相会的日子。漏壶清晰的滴水声频频移动，天空的白云似乎也沾了一丝湿气，秋天正是团圆的日子。我的眉宇间堆积着重重相思。只能等待来年春天踏上回家的路，见到妻子后再向她诉说思念。只怕相逢时，明明四目相对，却依旧无言。

人间的别离太多了，在七夕之夜，人间女子陈列瓜果于庭前，举头仰望碧蓝青天。像连理枝一样的恩爱夫妻，像红叶题诗一样的佳缘都只是传说之言。漂泊他乡虽清苦，想来也抵不上家中伊人独守空闺、相思成疾之苦。一年只能与牛郎相见一次的织女也笑话人间有如此的离愁别绪。

◎创作背景

这首词大概写于清康熙十五年（1676年），纳兰第一次随圣驾出巡塞外，因远离亲人，独过七夕，思念妻子，而写下这首词。

◎赏析

这首词写词人七夕在塞外的心情，表达相思之愁与对妻子的关爱，可与北宋慢词相比。

"白狼河北秋偏早，星桥又迎河鼓"，一开篇，词人就直入主题，白狼河的秋天来得格外早，又到了牛郎织女鹊桥相会的日子，而自己此时却离家远行，羁留塞外，这种强烈的反差让他的心中顿生愁苦。"秋偏早""又迎河鼓"都是说时间过得飞快，四季更迭，周而复始，鹊桥相会，一年一次，没有丝毫快慢之分，词人之所以感到时间过得快，是他因思念妻子而产生的主观感受。

"清漏频移，微云欲湿，正是金风玉露"，描写时间在不知不觉中流逝着，天空的白云似乎也沾上了一丝湿气，这秋风白露相逢的初秋时节，牛郎织女又一次相聚在一起。"金风玉露"，词人在这里借用前人的诗词，增加了全词的意境美。

"两眉愁聚。待归踏榆花，那时才诉"，天上的神仙已经相聚，可是人间的自己却不能和妻子相聚。想到自己独自一人羁留塞外，词人不禁双眉紧锁，心中也升起了一缕乡愁。但词人也知道，面对这种现状他无力改变，他不可能违抗圣命，悄悄回到家中，所以就把希望全寄托在来日，希望等到来年春天能够踏上回家的路，见到妻子后再向她诉说衷肠。

“只恐重逢，明明相视更无语”，词人进一步想象见面时的情景，在这里词人并不说与妻子的关系好或不好，而是“此时无声胜有声”这种意境的真实写照，也只有真正恩爱的夫妻，才会有这种“只可意会无法言传”的无声沟通。

“人间别离无数”，起承上启下作用，而“向瓜果筵前，碧天凝伫”写的就是乞愿这一仪式，祈求美好的愿望实现。

“连理千化，相思一叶，毕竟随风何处”，词人化用红叶题诗典故，悲观地认为像连理枝一样的恩爱夫妻，像红叶题诗一样的佳缘都只是传说，就如同随风飘转的事物一样，不可捉摸。

“羁栖良苦。算未抵空房，冷香啼曙”，词人联想到自己发出的感慨。羁旅虽苦，想来也抵不上家中伊人独守空闺，相思成疾之苦，这里两苦相比较，强化了一苦，从而表现出词人对独守空房的妻子的关怀。

“今夜天孙，笑人愁似许”，词的结尾又重新写到天上，连一年只能与牛郎相见一次的织女也笑话人间有如此的离愁别绪，进一步凸显出人间夫妻分离的忧愁痛苦。

这首词多处化用典故，借神话中的人物，运用对比的手法，烘托词人七夕独自在塞外的愁苦，把相思之情表达得淋漓尽致。

◎轶闻异物录

牛郎织女与七夕节

牛郎织女，为我国古代著名的四大民间爱情故事之一——其余三个为：梁山伯与祝英台、孟姜女、白蛇传。这个故事从牵牛星、织女星的星名衍化而来。传说古代天帝的孙女织女擅长织布，每天给天空织彩霞。她讨厌这种枯燥的生活，就偷偷下到凡间，私自嫁给河西的牛郎，过上男耕女织的生活。此事惹怒了天帝，他把织女捉回天宫，责令他们分离，只允许他们每年的七月七日在鹊桥上相会一次。他们坚贞的爱情感动了喜鹊，无数喜鹊飞来，用身体搭成一道跨越天河的彩桥，让牛郎织女在天河上相会。

《古诗十九首》亦云："迢迢牵牛星，皎皎河汉女。纤纤擢素手，札札弄机杼。终日不成章，泣涕零如雨。河汉清且浅，相去复几许？盈盈一水间，脉脉不得语。"牛郎织女的故事源于人们对自然天象的崇拜，后来发展成为七夕节。每到过节时，古代女性便会向着天上的织女星和牛郎星许愿，希望自己能有智慧的头脑、灵巧的双手与美好的姻缘。

瑞鹤仙[1]·丙辰[2]生日自寿·起用弹指词句[3]，并呈见阳[4]

马齿[5]加长矣，枉碌碌乾坤，问汝何事。浮名总如水。拚[6]尊[7]前杯酒，一生长醉。残阳影里，问归鸿[8]、归来也未。且随缘[9]、去住无心，冷眼华亭[10]鹤唳[11]。

无寐。宿酲[12]（chéng）犹在，小玉[13]来言，日高花睡。明月阑干[14]，曾说与，应须记。是蛾眉[15]便自、供人嫉妒，风雨飘残花蕊。叹光阴、老我无能，长歌而已。

◎注释

① 瑞鹤仙：词牌名，双片一百二十字，前片七仄韵，后片六仄韵。第一格起句及结句倒数第二句，皆上一、下四句式。第三格后片增一字。

② 丙辰：康熙十五年（1676 年），纳兰二十二岁。

③ 弹指词句：指纳兰好友顾贞观“弹指词”中的句子。

④ 见阳：张纯修，字子敏，号见阳，辽阳人。隶汉军正白旗。累官安徽庐州府知府。有《语石轩词》一卷。康熙三十年（1691 年），见阳于扬州刊刻《饮水诗词集》，其序云：“容若与余为异姓昆弟。”可见相交甚密。

⑤ 马齿：马的牙齿。马齿随年而增，所以用来比喻人年龄增长。

⑥ 拚：甘愿。

⑦ 尊：通“樽”，古代盛酒器具。

⑧ 归鸿：飞回的大雁。诗词中常喻离人归来。

⑨ 随缘：原为佛家语，此处是说顺应自然，不与世争。

⑩ 华亭：《世说新语·尤悔》：“陆平原（陆机）河桥败，为卢志所谗，被诛，临刑叹曰：‘欲闻华亭鹤唳，可复得乎？’”华亭在今上海松江县西。陆机于吴亡入洛之前，常与弟陆云游于华亭墅中，故有此叹。

⑪ 鹤唳：鹤鸟的叫声。

⑫ 宿酲：宿醉，经过一夜，醉酒还未全醒。

⑬ 小玉：原指神话中仙人侍女的名字，此处代指侍女。

⑭ 阑干：即栏杆，竹子编织的遮挡物，后引申为纵横交错。

⑮ 蛾眉：细长而弯曲的眉毛，可代指女人的美貌。这里借指出众的人才。

◎译文

年纪又长了一岁，自问在这莽莽乾坤中，徒自碌碌无为，到底做了些什么事呢？虚荣空名转瞬消散如逝水，不如尽情饮酒，一生长醉。夕阳西下，不知道传书的大雁是否已经归来。不如一切随缘，去留都不要介怀，冷眼看待官场仕途上的风雨。

因为宿醉无法安然入睡，侍女进来说天已大亮，连花都合拢花瓣像睡去了一样。明月高照时曾在栏杆旁说过一些值得牢记的话，说美人从来招人嫉恨，就像娇艳的花蕊最容易被风雨伤害。可叹年华在岁月的流逝中老去，而我只能高歌遣怀。

◎创作背景

这首词写于康熙十五年（1676 年）十二月十二日，为容若二十二岁生日时自赋。

◎赏析

这首词以慨叹句起，以长歌解忧的自慰自嘲之语收束，怅惘之意笼罩全篇。婉曲跌宕，转折层深。

“马齿加长矣，枉碌碌乾坤，问汝何事”，开篇自嘲不知不觉间年龄又长了一岁，但还是庸庸碌碌，没有大的作为，不知都做了些什么，怅惘之意笼罩全篇。

“浮名总如水。拚尊前杯酒，一生长醉”，一般的穷困文人如果说虚荣空名转瞬消散如逝水，倒不如大醉一场来得痛快，总难免觉得过于矫情，但词人出身豪门，前程似锦，他都如此说，可见这官场真是毫无意思。

“残阳影里，问归鸿、归来也未”，夕阳西下，不知道传书的大雁是否已经归来。纳兰心中所想的，可能是自己，也可能是友人。

“且随缘、去住无心，冷眼华亭鹤唳”，词人再次重申了自己无心于仕途不想为功名所累的心绪。

“无寐。宿酲犹在，小玉来言，日高花睡”，尽管醉了，却也一夜无眠，即使侍女来喊，也要睡到日上三竿，一副百无聊赖的慵懒姿态。

“明月阑干，曾说与，应须记”，嘱咐友人，不要忘记了我们在月下栏杆旁曾经说过的话。这些话应该是词人对友人的劝慰。

“是蛾眉便自、供人嫉妒，风雨飘残花蕊”，凡是鹤立鸡群者，必为人妒忌，如鲜艳的花卉遭遇风雨，难免被风雨摧残的道理一般。此处似乎暗示着纳兰遭到了奸邪小人的毁谤。

“叹光阴、老我无能，长歌而已”，显示纳兰对这些嫉妒自己的人并没有十分在意，仍旧希望能纵酒长歌以对，既似自嘲，又如劝慰友人。

全词结构错落有序、跌宕起伏，词义直白，语言易懂。词人用直抒胸臆的赋体，尽情倾诉，笔飞墨舞，淋漓尽致。

张纯修

张纯修（1647年—1706年），字子安，号见阳，又号敬斋，祖籍直隶丰润，出生奉天辽阳。汉正白旗籍，曾任庐州知府。擅画山水，得董源、米芾之沉郁，兼倪瓒之逸淡。家藏名画极为丰富，临摹古画能达到形神毕肖的地步。又工书法，学晋唐人体势，并善刻印。

康熙时，张纯修名播士大夫间，当时名流如高士奇、曹寅等都与其交往友好。他曾与纳兰性德交往，结为异姓兄弟。纳兰性德去世后，张纯修为其辑刻《饮水诗词集》并作序，称其“所以为诗词者，依然容若自言，‘如鱼饮水，冷暖自知’而已”。二人的友谊是“互不以贵游相待”，而“以诗词唱酬、书画鉴赏相交契”。近年，在北京丰台太子峪发现了《清诰授中宪大夫江南庐州府知府加五级见阳张公墓志铭》，铭文称：“君以佳公子，束发嗜学，博览坟典。为诗卓荦有奇气，旁及书法绘事，往往追踪古人。与长白成公容若称布衣交，相与切劘风雅，驰骋翰墨之场，其视簪祓之荣，泊如也。”

雨霖铃[①]·种柳

横塘如练[②]，日迟[③]帘幕，烟丝斜卷。却从何处移得，章台[④]仿佛，乍舒娇眼。恰带一痕残照，锁黄昏庭院。断肠处又惹相思，碧雾濛濛度双燕[⑤]。

回阑[⑥]恰就轻阴转，背风花[⑦]、不解春深浅。托根[⑧]幸自天上，曾试把霓裳[⑨]舞遍。百尺垂垂，早是酒醒莺语如翦。只休隔梦里红楼，望个人儿见。

◎注释

①雨霖铃：词牌名。双调一百三字，上片十句五仄韵，下片九句五仄韵。

②横塘如练：水塘就像白绢。横塘：泛指水塘。宋范成大《横塘》诗云："年年送客横塘路，细雨垂杨系画船。"练：白绢。

③日迟：太阳落得晚，比喻昼长。语出《诗经·豳风·七月》："春日迟迟。"

④章台：春秋时楚国离宫有章华台，亦称章台；战国时秦国宫中有章台；汉时长安城中街名亦为章台。后泛指京城宫苑。

⑤碧雾濛濛度双燕：成双成对的燕子在青色的云雾中飞来飞去。度：通"渡"。

⑥回阑：曲折的栏杆。

⑦背风花：背风的花朵。风花：风中之花。唐卢照邻《折杨柳》诗云："露叶疑啼脸，风花乱舞衣。"

⑧托根：这里是说寄身。

⑨霓裳：指霓裳羽衣舞。

◎译文

水塘的水面如丝绸般光洁，白昼漫长，日光照进了帘幕，看帘外的柳丝被风斜斜吹卷。且问这柳树是从哪里移来的，她睁开惺忪的睡眼，说仿佛是从章台而来。此时正是夕阳残照，庭院紧锁，燕子成双成对地在青色的云雾里飞来飞去，撩动了无尽的相思。

回廊转弯的地方恰好背阴，背风的花朵不受风欺，不知道春天的变化。柳枝曾寄身天上，舞遍霓裳羽衣曲。早晨醒来，宿醉已消，黄莺婉转歌唱，长长的柳丝随风飘荡，摇曳生姿。只希望不要阻隔我的目光，让我可以继续观望梦中出现在红楼上的女子。

◎创作背景

严绳孙有《雨霖铃·和成容若种柳》，收入《今词初集》，由此推知纳兰性德这首词当写于康熙十五年（1676年）之前。

◎赏析

这是一首咏柳之作，暗透相思之意，含思隽永，令人回味无穷。

“横塘如练，日迟帘幕，烟丝斜卷”，日长人静，眼下的水塘就像一匹洁白的熟绢。帘幕低下，阳光和煦。帘幕以外，柳丝如烟。起调三句，展现柳的大背景，说明就在横塘的堤岸之上。

“却从何处移得，章台仿佛，乍舒娇眼”，接着进一步描绘其形态。春色几许，弱柳依依，究竟从何处而来？困酣娇眼，婀娜多姿，应当是移植自章台。

“恰带一痕残照，锁黄昏庭院”，此时，柳丝带着夕阳余晖，将黄昏的庭院，照得通明。这是柳丝形态所呈现的自然物境。

“断肠处又惹相思，碧雾濛濛度双燕”，由柳丝转向双燕，从物境过渡到心境。柳丝飘荡，已是令人惆怅，成双成对的燕子，在青色的云雾中飞来飞去，更加惹人相思。

“回阑恰就轻阴转，背风花、不解春深浅”，柳条飞动，曲折阑干亦随着轻阴转移。大风将起，烟雾充塞。风中的花，不知道春天的变化。

“托根幸自天上，曾试把霓裳舞遍”，由花到人，进一步展开联想。天上有柳宿八星，地上的柳，也许就是寄身天宫的美女。由于曾经舞遍霓裳，她们的姿态才那么优美。

“百尺垂垂，早是酒醒莺语如翦”，而今正当酒醒之时，垂丝百尺，悬挂雕槛。柳边深院，莺语如剪。由托根天上，到百尺垂垂，这是因柳的故事所构成的柳的意象。既属于柳，其中亦有人在。

“只休隔梦里红楼，望个人儿见”，即将思绪集中在人物身上，不要让我在梦中与红楼的人儿相隔相离。这是下片。因柳的意象所生发的联想，为说情。

这首词将柳树外部形态与其内在意涵，都予以充分呈现。可知其名为咏柳，实乃怀人，在于叙说其相思相忆的恋情。

◎轶闻异物录

《霓裳羽衣曲》

《霓裳羽衣曲》，是唐代宫廷乐舞曲，是唐大曲中的法曲精品、集大成之作、我国音乐舞蹈史上一颗璀璨的明珠，相传是唐玄宗登洛阳三乡驿，望女几山所作（一说是根据《婆罗门曲》改编）。是唐玄宗用于在太清宫祭献老子时演奏，安史之乱后失传。南唐时期，李煜和大周后将其大部分补齐，金陵城破时，李煜下令烧毁。南宋年间，姜夔发现商调霓裳曲的乐谱十八段，保存在他《白石道人歌曲》里。今日《霓裳羽衣曲》是由已故上海音乐学院叶栋教授，根据敦煌藏经洞留存的唐代曲谱残卷，及收录有唐代筝曲的日本筝谱集《仁智要录》解译的筝曲和姜夔关于《霓裳羽衣曲》“中序”部分第一段乐曲组合再编而成。

潇湘雨[①]·送西溟[②]归慈溪

长安一夜雨，便添了几分秋色。奈此际萧条，无端又听、渭城风笛[③]。咫尺层城[④]留不住，久相忘[⑤]、到此偏相忆。依依白露丹枫，渐行渐远，天涯南北。

悽寂。黔娄[⑥]当日事，总名士如何消得[⑦]。只皂帽蹇驴[⑧]，西风残照，倦游踪迹。廿载江南犹落拓[⑨]，叹一人知己终难觅。君须爱酒能诗，鉴湖[⑩]无恙，一蓑一笠。

◎注释

① 潇湘雨：此调“词谱”“词律”不载，疑为纳兰自度曲。

② 西溟：即姜宸英，字西溟，号湛园，又号苇间，浙江慈溪人。明末清初书法家、史学家，与朱彝尊、严绳孙并称“江南三布衣”。

③ 渭城风笛：指吹奏离别之曲的笛声。渭城：陕西咸阳。秦时的咸阳城，汉代改称渭城。王维《送元二使安西》：“渭城朝雨浥轻尘，客舍青青柳色新。劝君更进一杯酒，西出阳关无故人。”后人以之代作送客、离别之喻。

④ 层城：高城。

⑤ 相忘：语见《庄子·大宗师》“泉涸，鱼相与处于陆，相呴以湿，相濡以沫，不如相忘于江湖”。后以“相忘鳞”喻优游自得者。

⑥ 黔娄：人名，汉刘向《列女传·鲁黔娄妻》云为春秋时鲁人。《汉书·艺文志》以为系齐人。黔娄家贫，不肯出仕，隐居，死时衾不蔽体。晋陶渊明《咏贫士》之四：“安贫守贱者，自古有黔娄。”后将其作为隐士、贫士的代称。

⑦ 消得：禁得住。

⑧ 皂帽蹇驴：黑色的帽子，跛脚的驴。

⑨ 落拓：有两层意思，一是穷困潦倒，寂寞冷落；一是放荡不羁，不受拘束。

⑩ 鉴湖：湖名，在浙江省绍兴市西南，又名长湖、大湖、庆湖、镜湖等。西溟故里慈溪在绍兴东北。

◎译文

京城中下了一夜凉雨，便添上了几分秋意。面对着萧条的秋色，正感无奈之际，又听到笛子吹出的别离之曲。近在咫尺的高城不能将你留住，你我共处的时光，从此后便成了令人思念的往事。在一片白露丹枫里，你渐行渐远，从此你我天各一方，所隔相去万里。

心中孤寂，想起黔娄的故事，即使名士风流，也难适应尘世势利。你戴着一顶黑帽，骑着一头跛脚驴，在西风残照里远去，从此浪迹天涯。你在江南负有盛名二十年，却仍以疏狂而郁郁寡欢，可叹知己难以寻觅。分别后想必你会更加喜好饮酒赋诗，独钓鉴湖里。

◎创作背景

这首词是纳兰容若写给好友姜宸英的作品。姜宸英热衷功名，但际遇坎坷，常年滞留京城。康熙十八年（1679 年）姜宸英为奔母丧再度南归，这首词即写于姜宸英此次南归之前。

◎赏析

这首词由景起笔，描写秋雨后的萧瑟场景以及对友人怀才不遇的同情，并加以慰藉，表现依依惜别之情。

“长安一夜雨，便添了几分秋色”，秋雨过后，又平添了几分秋色。

“奈此际萧条，无端又听、渭城风笛”，眼望如此的萧条景象，心生落寞，而此时又传来了声声别离之曲，更增添了离愁别恨。

“咫尺层城留不住，久相忘、到此偏相忆”，眼前的高墙挡不住好友离京的脚步，昔日二人相处时的悠然自得之乐，自此成了使人追念的旧事。

“依依白露丹枫，渐行渐远，天涯南北”，白露丹枫好似对好友依依不舍，好友渐行渐远，从此与自己南北相隔天涯，昔日共处时的欢乐情景只能成为彼此的美好回忆。

“凄寂。黔娄当日事，总名士如何消得”，忽然想起当年黔娄的故事，即使是风流名士，又如何承受得了。

“只皂帽蹇驴，西风残照，倦游踪迹”，只希望从此两袖清风，在西风伴随之下，浪迹天涯。

“廿载江南犹落拓，叹一人知己终难觅”，虽然友人二十年来在江南负有盛名，但至今仍以疏狂而郁郁寡欢，难逢知己。

“君须爱酒能诗，鉴湖无恙，一蓑一笠”，别后想必会更加且醉且歌，洒脱不羁，独钓于江湖之上。那样的人生，虽然没有耀眼的光辉，却有着生命静静消隐的余韵。在一蓑一笠中，一定会拥有属于自己的天地。

整首词真情满满，劝慰与牢骚交织，才调纵横，从中可见作者对西溟诚挚的情意。

◎轶闻异物录

隐士黔娄

黔娄是战国时齐国的贤士，从小饱读诗书，专攻道家学说，曾著书四篇，取名《黔娄子》。此书旨在阐扬道家法理，由伏羲氏凭天降河图神龟显示八卦之数，而研究天地生成的道理，重在从天地运行的气数，来求得宇宙变化的理数。

黔娄不但阐明道家主旨，而且身体力行。尽管家徒四壁，却安贫乐道。他与妻子一同下田耕作，穿的是自己纺织缝纫的衣服，吃的是自己种植的五谷及菜蔬。夫唱妇随，过着与世无争的幸福生活。

黔娄死后，他的好友、孔子高足曾参前往吊祭，看到黔娄停尸在破窗下，身着旧长袍，垫着烂草席，用白布覆盖着。由于白布短小，盖头就露出脚，盖上脚就露出头。曾参说：“把布斜过来盖，就能盖住全身了。”

黔娄夫人却答道：“斜之有余，不若正之不足，先生生而不斜，死而斜之，这会违背先生的生前意愿。”

曾参认为黔娄夫人说得很有道理，深感惭愧，哭得更悲伤。并问黔娄妻说：“先生之终，何以为谥？”

黔娄夫人回答：“以康为谥。”

曾参大惑不解，问道：“先生在时，食不充饥，衣不遮体，死则手足不能覆盖，棺旁也没有祭祀酒肉，生不得其美，死不得其深，何乐于此而谥为康乎！”

黔娄夫人正色道：“先生生前，鲁国国君要任他为相，但他辞而不为；齐国国君想聘他为卿，他同样辞而不受，这算是有余贵吧！鲁国国君曾赐很多米粟给他，齐国国君也屡次要予以报酬，他都辞而不受，这算是有余富吧！他愿与天地人间共甘苦，宁愿做平民百姓；他不戚戚于贫贱，不汲汲于富贵。这些全是为了仁义，以康为谥，谁能说不合适呢！”

曾参听后，连声赞叹说：“正因为有黔娄这样的先生，才有像黔娄妻这样的好夫人啊！”

金缕曲·慰西溟

何事添凄咽？但由他、天公簸弄[1]，莫教磨涅[2]。失意每多如意少，终古几人称屈，须知道、福因才折。独卧藜（lí）床[3]看北斗[4]，背高城、玉笛吹成血。听谯鼓[5]，二更彻。

丈夫未肯因人热[6]，且乘闲、五湖[7]料理[8]，扁舟一叶。泪似秋霖挥不尽，洒向野田黄蝶[9]。须不羡、承明[10]班列[11]。马迹车尘忙未了，任西风、吹冷长安月[12]。又萧寺[13]，花如雪。

◎注释

①簸弄：播弄。

②磨涅：磨砺浸染，比喻经受的考验或外界的影响。《论语·阳货》有云："不曰坚乎？磨而不磷；不曰白乎？涅而不缁。"

③藜床：用藜茎编织的床。

④北斗：这里比喻朝廷。

⑤谯鼓：谯楼上的鼓声。古代于城门望楼上置鼓，为鼓楼，击鼓以报时。

⑥因人热：大丈夫不要因求官求仕不得而躁急。热：躁急的意思，《孟子·万章上》："仕则慕君，不得于君则热中。"

⑦五湖：春秋时，范蠡佐越王勾践灭吴后，浮舟太湖，易名鸱夷子皮，人称陶朱公。后人以此作为不贪官位、隐居自适之典。

⑧料理：安排，安置。

⑨野田黄蝶：郊野田间黄蝶蹉跎蹁跹的景象，可引申为家园、知己。

⑩承明：承明庐，汉代侍臣值宿所居的屋子，后引为入朝、在朝为官。

⑪班列：位次，即朝班之位次。

⑫吹冷长安月：都城长安的月明之夜寒风凛冽，暗指在京为官的希望破灭了。

⑬萧寺：西溟在京城居住时曾寓萧寺。他在为纳兰撰写的《祭文》中云："于午未间，我蹶而穷，百忧萃止，是时归兄，馆我萧寺。"

◎译文

什么事让你哽咽哭泣？纵然命运不济，使你试而不第，那又如何，不要自己折磨自己。人世间的事自古以来都是失意多于如意，更何况人的才气太高，也会损伤到自己的福气。你独坐在高城上，仰望北斗七星，吹笛自乐，听更鼓报夜，直到二更。

大丈夫不要因为仕途不顺而急躁，不如学范蠡泛游五湖。纵然有像秋雨一样的眼泪，也应该洒向知己。不要羡慕位列朝堂的人，京城永远这般熙熙攘攘，人们忙着争名逐利，不如就让秋风把这京城的月亮吹凉。你住过的寺院，鲜花正如雪花散落。

◎创作背景

清康熙十八年（1679 年），姜宸英先后经历科考不中和丧母的悲痛，情绪低落，在心灰意冷中急归奔丧。纳兰性德在好友临行时写下这首词聊表慰藉。

◎赏析

这首词用语朴实无华，作者想到失意人的寂寞孤独，表示理解隐退者的苦衷，并从自己对仕宦的体会，劝说对方死了做官的心等言语，都是围绕着安慰失意者这一主题反复述说，因此真挚动人。

“何事添凄咽？但由他、天公簸弄，莫教磨涅”，劝慰好友不要哭泣，既然命途多舛，在科场上屡试不第，就任凭天意弄人吧，不要被这些琐事消磨了意志。

“失意每多如意少，终古几人称屈，须知道、福因才折”，词人又说古往今来，凡是有旷世之才的人大多失意潦倒，是被过高的才华折损了福分。

“独卧藜床看北斗，背高城、玉笛吹成血。听谯鼓，二更彻”，不如独自闲卧在草编成的床上高眠，抬头仰望天上的北斗七星，远离繁华热闹的都市，吹玉笛抒发自己心中的悲愁，劝慰对方不要赞叹“兰摧玉折”，以为才杰受屈。这里是词人针对姜宸英应试落第的事进行安慰。

“丈夫未肯因人热，且乘闲、五湖料理，扁舟一叶”，词人继续安慰姜宸英，说大丈夫不要因为仕途不顺就焦躁急切，不要热衷于求取功名。大丈夫终不肯趁他人热灶烧火煮饭，不会依赖别人。今番求官不成，暂且也像范蠡一样，泛舟五湖，不也挺逍遥自在的吗?

“泪似秋霖挥不尽，洒向野田黄蝶”，劝慰的话题，由身内的才性，转向身外的虚名。泪水就像秋日淫雨一样，挥之不尽，但这伤情之泪，必须洒向野田黄蝶，洒向真正的知己者。

“须不羡、承明班列。马迹车尘忙未了，任西风、吹冷长安月。又萧寺，花如雪”，千万不要羡慕承明殿旁那长长的朝班的行列。马迹车尘，从来就忙个不停，万户捣衣，任凭西风吹冷长安的一片月色。这时候，清净的萧寺，更加繁花如雪。劝慰对方不要羡慕在朝居官，说得很恳切，很直白，可能因对方功名心至死不变的缘故。

“又萧寺，花如雪”，以景结情，这是个静谧、深沉、幽丽而又带几分凄凉的艺术境界，同时又寓托着词人的生命追求。

全词充满纳兰性德独抒性灵的劝慰之语，对朋友的绵绵深情在字里行间展露无遗，让人感动。

姜宸英

姜宸英（1628 年—1699 年），明末清初书法家、史学家，与朱彝尊、严绳孙并称“江南三布衣”。字西溟，号湛园，又号苇间，浙江慈溪人。明末诸生。康熙十九年（1680 年）以布衣荐入明史馆任纂修官，分撰刑法志，记述明三百年间诏狱、廷杖、立枷、东西厂卫之害。又从徐乾学在洞庭山修《大清一统志》。在京因得罪大学士明珠受冷遇。康熙三十六年（1697 年）六十九岁始成进士，以殿试第三名授翰林院编修。越两年为顺天乡试副考官，因主考官舞弊，被连累下狱死。著有《湛园集》《苇间集》《海防总论》。

摸鱼儿[1]·午日[2]雨眺

涨痕[3]添、半篙柔绿[4]，蒲稍荇叶[5]无数。空濛台榭烟柳[6]暗，白鸟衔鱼欲舞。桥外路，正一派、画船箫鼓中流住。呕哑柔橹[7]，又早拂新荷，沿堤忽转，冲破翠钱雨[8]。

蒹葭渚[9]，不减潇湘深处，霏霏漠漠如雾。滴成一片鲛人[10]泪，也似汨罗投赋[11]。愁难谱，只彩线、香菰脉脉成千古。伤心莫语，记那日旗亭[12]，水嬉散尽，中酒阻风去。

◎注释

①摸鱼儿：词牌名，又名“买陂塘”“双蕖怨”“迈陂塘”“山鬼谣”等。双调一百十六字，前段十句六仄韵，后段十一句七仄韵。

②午日：五月初五日，即端午节。

③涨痕：涨水的痕迹。

④柔绿：嫩绿，此处代指嫩绿的水色。

⑤蒲稍荇叶：蒲柳枝稍，荇草的叶蒲。蒲柳，水杨。荇，多年生草本植物，叶呈对生圆形，可食。

⑥烟柳：烟雾笼罩的柳林。

⑦呕哑柔橹：橹篙划水发出轻柔的水声。

⑧翠钱雨：指新荷生出时所下的雨。翠钱：新荷的雅称。

⑨蒹葭渚：长满芦苇之洲渚。

⑩鲛人：神话传说中的人鱼。西晋张华《博物志》卷九：“南海外有鲛人，水居以与主人。”

⑪汨罗投赋：指战国时期楚国政治家及诗人屈原忧愤国事，投汨罗江（湘江支流）而死之事。后人写诗作赋投入江中，以示凭吊。事见司马迁《史记·屈原贾生列传》。

⑫旗亭：酒楼。悬旗为酒招，所以有这个称呼。

◎译文

雨后水涨了，嫩绿色的水面已涨至半篙深，水中的蒲柳和荇叶无数。亭台楼榭迷蒙一片，柳枝暗沉，白鸟衔着鱼儿飞掠欲舞。画桥之外，小路幽长。画船齐发，箫鼓声阵阵，在水中央流连。随着轻柔的划桨声，小船早已经拂过了新荷，沿着河堤忽转，冲破了新荷初生时所下的雨。

长满芦苇的洲渚，不亚于潇湘深处。雨纷纷下，迷迷蒙蒙，如雾一般，似鲛人的眼泪，又像正作赋投江凭吊屈原。愁意难以谱写，只有用彩线缠裹香菰以纪念屈原的习俗千古流传。一片伤心，沉默不言。记得那日在酒楼，待水上游戏结束，人群散尽，我饮至半酣，迎风而行。

◎创作背景

这首词具体创作时间待考。从词的副标题《午日雨眺》可以看出，这首词写于五月初五端午节，纳兰雨中凭眺生情，有感而发。

◎赏析

这首词写端午之景，运用典故，寓情于景，将词人的愁绪与对恋人的思念之情表达得淋漓尽致。

“涨痕添、半篙柔绿，蒲稍荇叶无数”，涨水后留下痕迹，水草丰茂，春景过渡到夏景在词的开篇展露无遗。

“空濛台榭烟柳暗，白鸟衔鱼欲舞”，柳条随风舞动，如烟似梦，而白鹭捕鱼的姿势很是优美，犹如舞蹈一般。词人欣赏着这美好的景物，仿佛置身于画中一般。

“桥外路，正一派、画船箫鼓中流住”，桥外的小路幽长，画船正在水中央。

“呕哑柔橹，又早拂新荷，沿堤忽转，冲破翠钱雨”，描写景色之美，而让读者也深陷其中，感受着这看似普通，但却别有风味的景物。

“蒹葭渚，不减潇湘深处”，愁绪蔓延，深深荡漾开去，而霏霏细雨，细密如针织，仿佛雾气一样笼罩在四面天空。

“霏霏漠漠如雾。滴成一片鲛人泪，也似汨罗投赋”，如同泪雨一样，好似在为投江自尽的屈原悼念默哀。对屈原的凭吊其实隐含了词人自己的今昔之慨和身世之感。

“愁难谱，只彩线、香菰脉脉成千古。伤心莫语”，词人心中的愁绪难以谱写，只有写入词章，以此聊表心意。看到这美好景色，却难以提起兴致，虽然是借着祭奠屈原来表达出心中惆怅，但其实词人祭奠的是自己那无法言说的哀愁。

“记那日旗亭，水嬉散尽，中酒阻风去”，记住这美好的景象吧，不要总是记着过去悲伤的事情，那样只能苦了自己。

纵观全词，前面描绘的景色并非哀怨凄清，而后面的抒情则细腻、委婉、哀怨，如此大的转折，更使这首词所抒发的感情深厚幽婉。

◎轶闻异物录

鲛　人

鲛人，又名泉先、泉客，是我国古代神话传说中鱼尾人身的神秘生物,与西方神话中的美人鱼相似。早在干宝的《搜神记》中就有记载:“南海之外有鲛人，水居如鱼，不废织绩。其眼泣则能出珠。”

传说中，鲛人善于纺织，可以制出入水不湿的龙绡，且滴泪成珠。唐代诗人李商隐的名作《锦瑟》中的“沧海月明珠有泪”一句便引用了鲛人的传说。据传说，鲛人的油燃点极低，且一滴就可以燃烧数日。民间盛传秦始皇陵中就有用鲛人油做燃料的长明灯。

点绛唇·寄南海[①]梁药亭[②]

一帽征尘，留君不住从君去。片帆何处？南浦[③]沈香雨[④]。

回首风流，紫竹村[⑤]边住。孤鸿语。三生[⑥]定许，可是梁鸿[⑦]侣。

◎注释

① 南海：今广东省南海县。

② 梁药亭：词人的好友梁佩兰，字芝五，号药亭，广东南海县人，清初著名诗人，与屈大均、陈恭尹并称为“岭南三大家”。康熙二十七年（1688 年）进士，官翰林院庶吉士，时已年届六十。有《六莹堂前后集》十六卷。

③ 南浦：南面的水边，后泛指送别之地。

④ 沈香雨：沈香浦的雨。沈香浦在广州市西郊之江滨，因晋代广州刺史吴隐之曾投沉香于其中而得名。

⑤ 紫竹村：应是纳兰与梁佩兰在京城共同游玩或住过的地方。

⑥ 三生：佛家语，指前生、今生、来生。

⑦ 梁鸿：字伯鸾，汉朝扶风平陵人，家贫而好学，尚气节，为隐逸之士，与妻子孟光相敬如宾。

◎译文

你欲南归，我百计留你，留得天涯一时，留不得漂泊一世。留不住只好让你走。你踏上归途，回到多雨的家乡去。

回首往日，隐居紫竹村边，那潇洒风流的生活，实在令人怀念。天空中飞过的孤鸿，可是你寻觅了三生的伴侣？

◎创作背景

梁药亭为了参加进士考试，长期滞留京师，与容若相识，结为知己。但药亭仕进不利，于清康熙二十年（1681 年）离京返粤，这首词大约写于当年。

◎赏析

这首词描写了友人梁佩兰踏上归途的情景，并追忆了与友人过往的风流生活，寄托了词人对友人的美好期望，表达了对友人的深切怀念。

“一帽征尘，留君不住从君去”，写药亭意欲南归，留也留不住的惜别眷恋之情。“留君不住从君去”这句话虽然势平语简，但送别之情却几许翻转，其依本于蔡伸《踏莎行》：“百计留君，留君不住。留君不住君须去。”将三句凝成的深情厚谊收缩于简短一句之中，含蕴深远。

“片帆何处？南浦沈香雨”，承“从君去”而发，写药亭乘着小小帆船踏上归乡之途，这南浦便是友人药亭将要归去之地。

“回首风流”，词人回顾往日隐居紫竹村边，那潇洒风流的生活实在令人怀恋。当年词人与友人相交密切，感情甚笃，彼此视为知己，而此处所指的风流，也许是谈诗论文、观摩书画，又或是推心置腹、畅叙友情。

“紫竹村边住”，五个字，隐隐点出几许隐逸情怀、淡泊情调，让读者自行联想。

“孤鸿语”，孤鸿在诗词里是离别的意象，此处词人是说，你今日南去，一如孤雁南飞，令人伤感。然而友人确已回到了家乡，自己再怎么独自伤感也是徒然。所以接下来便转写对友人的赞许。

“三生定许，可是梁鸿侣”，词人牵出佛家三生之语，如果说人真的有前生，那么药亭的前生定然是梁鸿一样的人物，于谐趣中见出对药亭的一往情深。结尾句，仍出以想象之语，怀念之中更见对友人的款款深情。

这首词采用虚实结合的表现手法，寄托了纳兰希望友人返乡后过上令人歆羡生活的美好愿望，表达了对友人的深切怀念，同时也处处流露出词人对隐世生活的向往。

◎轶闻异物录

名贵的沉香

沉香，是瑞香科沉香属的一种乔木，高五到十五米。树皮呈暗灰色，平滑，纤维坚韧，小枝圆柱形，幼时被疏柔毛，后逐渐脱落，无毛或近无毛。产于我国广东、海南、广西、福建等地。喜生于低海拔的山地、丘陵以及路边向阳处疏林中。广东省独特的气候条件，使得这里成为适合沉香树生长的地方，有“沉香之乡”的美称。宋《本草衍义》记载：“沉香木，岭南诸郡悉有之，傍海诸州尤多。交干连枝，冈岭相接，千里不绝。”

老茎受伤后所积得的树脂俗称沉香，可作香料原料，并为治胃病特效药；树皮纤维柔韧，色白而细致，可做高级纸原料及人造棉；木质部可提取芳香油，花可制浸膏。

自古以来，沉香被视作一种名贵香料和中药材，在宋代已经有“一两沉香一两金”的说法。现代技术则进一步“挖潜”，开发出沉香茶、沉香酒等产业链。

浣溪沙·姜女祠[①]

海色残阳影断霓，寒涛日夜女郎祠。翠钿尘网上蛛丝。

澄海楼[②]高空极目，望夫石[③]在且留题。六王[④]如梦祖龙[⑤]非。

◎注释

① 姜女祠：孟姜女庙。

② 澄海楼：位于山海关老龙头长城，始建于明末，为万里长城东端第一座城楼。

③ 望夫石：位于河北省秦皇岛市山海关区孟姜镇东北。古云：昔有贞妇，其夫从役，远赴国难，此妇携弱子饯送北山，立望夫而化为立石。在我国各地有多处望夫石，皆为贞妇盼夫久立成石的传说。

④ 六王：指战国时齐、楚、燕、韩、魏、赵六国之王。

⑤ 祖龙：指秦始皇。

◎译文

残阳的余晖映在海面上，贴着涌动的浪涛，成为一段缥缈的霓虹。冰冷的潮水日夜拍打着姜女祠下的岩石，庙中孟姜女雕像的盘髻上，已经结满了细密的蛛丝。

登上高耸的澄海楼眺望远处，望夫石至今还在，在那里可以见到文人参观时留下的题诗。六王毕四海一的大业，仿佛是做了一场大梦，而秦始皇也早已经作古。

◎创作背景

康熙二十一年（1682 年）春扈从东巡的途中，纳兰到了山海关，登临眺望，想起了孟姜女的悲惨传说，又联想到当时那些奴役人民的统治者也已不复存在，不胜感慨，于是填了这首词。

◎赏析

这首词通过写姜女庙的凄凉与冷落，批判残酷的战争给百姓带来的疾苦，抒发浓重的历史兴亡之感。

“海色残阳影断霓，寒涛日夜女郎祠”，词因景而起，落日残阳挂在薄薄的西天，余晖映在海面上，贴着涌动的浪涛，组成了一段断裂的霓虹。冷冽的潮水不辞疲惫，姜女祠日日夜夜听闻浪涛拍打礁石的动静。

“翠钿尘网上蛛丝”，词人所处的时代距传说中那痴情哭倒长城、投海而死的孟姜女的年代已甚远，汪洋与孤守的祠堂相望也不知过了多少个日夜，所以庙中的孟姜女，盘髻上的翠翘金钿已然网上层层细密的蛛丝与尘埃，翠玉光鲜的着色随着女子逝去，一同沉没在历史长河之中。

“澄海楼高空极目，望夫石在且留题”，立于澄海楼上眺望苍茫之景，望夫石一如往昔等待之妻，坚守于南宁海城上。传说孟姜女当年苦等丈夫不归，几番立于此地眺望远方，又抱寒衣远赴寻找爱人，久之于此化为望夫之石，从此不论风雨都将停留于此，等候一个归期。归期无尽，望夫石伫立至今，仍然可见文人墨客参观游览时写下的观感题诗，点滴墨迹都是岁月流淌的痕迹，随着这长久坚守在此的石像一同见证历史长河，流淌不息。

“六王如梦祖龙非”，词人感叹，六王毕四海归一的大业，恍然如梦了一场，杳无痕迹，秦始皇也已长眠于地下。

这首词非单纯记录游兴之作，而是借游庙发往古之幽思，批判残酷的战争给百姓带来的疾苦，抒今昔之感，欲抑先扬，深沉别致，感慨良深，意蕴悠然，是不可多得的咏史佳作。

孟姜女传说

有人认为孟姜女的故事来自《左传·襄公二十三年》中的齐国武将杞梁的妻子，无名无姓，称为杞梁妻。“齐侯归，遇杞梁之妻于郊，使吊之。辞曰：‘殖之有罪，何辱命焉？若免于罪，犹有先人之敝庐在，下妾不得与郊吊。’齐侯吊诸其室。”即杞梁之妻要求齐侯在宗室正式吊唁杞梁。其中既没有“哭”，也没有长城或者城墙，更无“城崩”“投水”等情节。

“哭”的情节，早在《礼记·檀弓》中提到“杞梁死焉，其妻迎其柩于路，而哭之哀”。刘向的《说苑·善说篇》加上“崩城”的内容：“昔华周、杞梁战而死，其妻悲之，向城而哭，隅为之崩，城为之厄。”

接着刘向《列女传》又加上“投淄水”的情节：“杞梁之妻无子，内外皆无五属之亲。既无所归，乃枕其夫之尸于城下而哭之，内诚动人，道路过者，莫不为之挥涕，十日而城为之崩。既葬，曰：‘我何归矣？’……亦死而已，遂赴淄水而死。”

一些诗词也有对杞梁妻的抒情描述。三国时曹植在《黄初六年令》中说“杞妻哭梁，山为之崩”。敦煌石窟发现的隋唐乐府中有“送衣之曲”，增加了送寒衣的内容。

唐代贯休的诗作《杞梁妻》首次将故事时间移到秦朝时，并将“崩城”变成“崩长城”：“秦之无道兮四海枯，筑长城兮遮北胡。筑人筑土一万里，杞梁贞妇啼呜呜。上无父兮中无夫，下无子兮孤复孤。一号城崩塞色苦，再号杞梁骨出土。疲魂饥魄相逐归，陌上少年莫相非。”元代开始，孟姜女的故事被搬上舞台。

顾炎武的《日知录》中阐述了孟姜女的故事演变过程。顾颉刚发表《孟姜女故事研究》一文，对故事演变的过程进行了更为详尽的阐述。

采桑子·那能寂寞芳菲节[1]

那能寂寞芳菲节，欲话生平，夜已三更。一阕悲歌泪暗零。

须知秋叶春花促，点鬓星星。遇酒须倾，莫问千秋万岁名。

◎注释

① 芳菲节：春光美好的时节。

◎译文

花草香美的美丽时节，人怎能在寂寞中度过？与友人话起生平，夜已经三更。禁不住弹唱一曲，悲歌低吟浅唱，竟引得清泪暗流。

要知道春花秋叶，季节更替，催促着时光的流转，恍惚间，鬓角已添了白发。索性今朝有酒今朝醉，不再操心那千秋万载的虚名。

◎创作背景

容若自二十二岁起，便担任康熙侍卫，从銮驾南巡北征。他的才华和精力，都被耗费在无休止的随扈出巡中。如今又是春天遍地芳菲时，但是词人却因志不得伸、失去自由而终日悲愤哀伤不已。值此春夜，他独自不寐，挨到三更时分，愁情更浓，于是悲歌一曲，写下此词。

◎赏析

此词是抒怀之作。韶华易逝，岁月催人老，终是负了时光，徒留点点白发，表达了词人对时光流逝的感叹。

“那能寂寞芳菲节，欲话生平”，以疑问语气开篇，在芳菲时节，姹紫嫣红、满城春色胜景却与词人的心情甚不相合，一边是莺啼燕语、百花盛开，—边是茕然独处，形影相吊，两相对比之下，词人的内心确实是寂寞惆怅。

“夜已三更。一阕悲歌泪暗零”，词人自二十二岁起，便担任康熙侍卫，侍卫一职十分辛劳，容若恪尽职守旦夕不懈，但让他痛苦的并不是辛劳，而是违背理想和本性：他熟练的弓马术只能用于担任警卫和奉陪狩猎，杰出的诗才只能用于涂写那些言不由衷的应制篇章。如水春夜，他慨然高歌，暗自垂泪。

“须知秋叶春华促，点鬓星星”，词人风华正茂之年，尽在枯燥的鞍马间度过，然而时光荏苒，秋叶飘零，春花盛开，年复一年地催促着人由少到老，除了徒增白发之外，了无生趣。

“遇酒须倾，莫问千秋万岁名”，结篇处词人宕开一笔，说遇到美酒当前，就应该一醉方休，不要费力去追求千秋万岁的俗世功名。既然理想渺茫，人世如风，那么何妨有酒就干，任诞放达，身后名声如何，都不如生前一杯酒。

全词虽写春，但意境苍凉，抒发了人生无常，转瞬即逝，不胜今昔的感慨。

◎轶闻异物录

御前侍卫

清太祖时期建立起了侍卫制度，虽然这时并不完善，但具备了基本雏形，随着清王朝入关以后统治地位的不断巩固，以及王朝制度的日趋完善，皇家的侍卫制度也逐渐完善起来。

康熙朝时，御前侍卫被正式固定封名，此外还有御前行走、乾清门侍卫、大内侍卫、乾清门行走等侍卫，其官位等级从正三品到正六品不等，其中以最靠近皇帝跟前的御前侍卫的荣耀和待遇为最高。

皇帝侍卫的待遇很高，地位也很尊贵，是一种特殊的政治待遇，其升迁调补途径比其他人要多得多。正因侍卫制度的特殊性和优厚待遇，使其成为满洲贵族子弟不必通过考试而获得高官厚禄的终南捷径。

采桑子·海天谁放冰轮[1]满

海天谁放冰轮满，惆怅离情。莫说离情，但值良宵总泪零。

只应碧落重相见，那是今生。可奈今生，刚作愁时又忆卿。

◎注释

①冰轮：月亮。

◎译文

是谁在海天之间，放了一轮皎洁的圆月，不过匆匆一瞥，就不禁令人惆怅起来。不要再说什么离愁别绪，每个夜晚总是涕泪飘零。

只有去到另外一个世界才能重逢，可今生又到哪里去相遇呢？这无奈的今生今世，刚刚因触景而伤了情，却又在愁怀中想起了你。

◎创作背景

纳兰妻卢氏病逝于康熙十六年（1677年）五月三十日，这首词应写于卢氏亡后，和《琵琶仙·中秋》可能是同时之作。

◎赏析

这首词通过描写良辰美景之时，词人因思念亡妻而怅恨悠悠，表现出词人对于逝去的人事既无能为力，又百般苦痛之情。

“海天谁放冰轮满，惆怅离情”，因离情而责怪月亮：是谁让天宇中的月儿变得那么皎洁明亮？难道他没有看到我的离情惆怅吗？词人恼月照人，又增“月圆人不圆”的怅恨，

这种借月以表达怀念之情的写法与苏东坡的“不应有恨，何事长向别时圆”，朱淑真的“多谢月相怜，今宵不忍圆”，有异曲同工之妙。

“莫说离情，但值良宵总泪零”，这种离情已不堪提起，每到凉夜，总要使人伤心落泪。只是反反复复地说离情，而不说明是怎样的离情。

“只应碧落重相见，那是今生”，先前所说的离情，并非一般的生离，而是凄然断肠的死别，即使能够重见，那也不是今生的事了。至于今生呢，偏偏在忧愁之时总会想你。

“可奈今生，刚作愁时又忆卿”，语简情深，哀婉之处动人心魄，词人心中的凄凉愁苦，由此可见一斑。既然无力逃脱记忆的深渊，他也只能寻求一些希冀，今生最想实现的愿望，不过是再见一面，再走一遭，却已是天上人间。词人明白，只有到了碧落，才有重见的可能，可今生，又如何去到那里啊。

词中，描写部分细腻感人，将作者企盼与妻子在碧落重逢，而今生无缘重会的无奈刻画得催人断肠。

◎轶闻异物录

月亮的美称

月亮的称呼在古代有很多。人们根据月亮的不同形态，给予不同别称：因初月如钩，称银钩、玉钩；因弦月如弓，称玉弓、弓月；因满月如轮、如盘、如镜，称金轮、玉轮、银盘、玉盘、金镜、玉镜。据传说故事月中有兔和蟾蜍，又称玉兔、金蟾、银蟾、蟾宫；月有桂树，又称桂月、桂轮、桂宫、桂魄；月有广寒、清虚宫殿，故称广寒宫、清虚宫；因月亮驾车之神叫望舒，称望舒。因人们常把美女比作月亮，又称婵娟。

少年游[1]·算来好景只如斯[2]

算来好景只如斯，惟许有情知。寻常风月[3]，等闲谈笑，称意[4]即相宜[5]。

十年青鸟音尘断，往事不胜思。一钩残照[6]，半帘飞絮，总是恼人时。

◎注释

① 少年游：词牌名，又名“小阑干”“玉腊梅枝”，双调五十字。
② 如斯：像这样。斯：代词，意为“这”，表示语境中所指事物。
③ 寻常风月：一般的男女情爱。
④ 称意：合乎心意。
⑤ 相宜：合适，符合。
⑥ 一钩残照：弯月的余晖。

◎译文

细细算来，所谓美景也不过如此，只有在多情人的眼里，风景才美丽。即使是寻常的风景，随意谈笑，只要称心，一切就都好。

已经多年没有收到你的音信了，我总是不忍心回想往事。一弯残月下，飞絮扑打着半掩的门帘，这样的情景总是最容易让人格外伤怀。

◎创作背景

这首词具体的创作时间待考，是词人为怀念亡妻而写下的。

◎赏析

这首词描写的是对亡妻的思念之情。

“算来好景只如斯，惟许有情知”，世上最美好的景致，莫过于有情人相知相守。

“寻常风月，等闲谈笑，称意即相宜”，在相爱的人眼中，纵然是平常的风光月色和平常的言谈笑语，都会使人感到称心如意，美妙无比。

“十年青鸟音尘断”，越渴望，越难求；越珍惜，便越易失去。相知相伴，最是难求。此处“十年”虽非实指，但也足以说明词人与所爱之人已经分离多年，且送信的青鸟不见，杳无音讯。

“往事不胜思”，那些陈年往事愈思量愈清晰，愈清晰愈徒增烦恼。

“一钩残照，半帘飞絮”，看着弯月余晖洒照在沾满柳絮的帘子上，词人回首往事，相思之情溢涌而出。与妻子相伴的那些日子虽无大喜，回忆起来却总是沁着丁香一般若有若无的甘甜。即使人再合适、再称意、再相宜，若不属于自己，到最后也只有“不胜思”的“往事”。

“总是恼人时”，点醒题旨，表达对亡妻的思念之情。

这是词人回忆往日情事时的感喟，如脱口而出，痛彻心扉。上下两片一喜一悲，对比鲜明，简淡清新。

◎轶闻异物录

青　鸟

青鸟是一种常见的小型鸟类，类似麻雀大小的青蓝色小鸟。而在神话传说中，青鸟是凤凰的前身，色泽亮丽，体态轻盈，是具有神性的吉祥之物，其典故出于《山海经》。

传说中，青鸟是有三足的神鸟，西王母的使者。人间不能相见，唯在蓬莱仙山可以看见，但是蓬莱无路，只有靠青鸟传信。

传说西王母驾临前，总有青鸟先来报信，“青鸟不传云外信，丁香空结雨中愁”，在我国古代文学中，青鸟多被当作传递信息的使者。

浪淘沙·望海

蜃阙[①]半模糊，踏浪惊呼。任将蠡（lǐ）测[②]笑江湖。沐日光华还浴月，我欲乘桴[③]（fú）。

钓得六鳖[④]（biē）无？竿拂珊瑚[⑤]。桑田[⑥]清浅问麻姑[⑦]。水气浮天天接水，那是蓬壶[⑧]？

◎注释

①蜃阙：即海市蜃楼。阙：宫门上的高楼。

②蠡测：用瓢测海。《汉书·东方朔传》记载，东方朔答客难云“以蠡测海”，即用瓠瓢测海水，比喻浅薄不能了解高深。蠡：用葫芦做的瓢。

③乘桴：乘着木筏。

④鳖：外形像龟的爬行动物，也叫甲鱼，俗称王八。

⑤竿拂珊瑚：钓鱼轻轻擦过珊瑚礁。珊瑚，许多珊瑚虫的石灰质骨骼聚集而成的东西。杜甫《送孔巢父谢病归游江东，兼呈李白》诗云：“诗卷长留天地间，钓竿欲拂珊瑚树。”

⑥桑田：泛指田畴，比喻世事变迁。东晋葛洪《神仙传》曰：“麻姑自说：接待以来，已见东海三为桑田，向到蓬莱，水又浅于往昔曾时略半也，岂将复还为陵陆乎！方平笑曰：圣人皆言，海中行复扬尘也。”

⑦麻姑：女仙名，我国神话传说中的人物，多用来比喻高寿。民间有“麻姑献寿”之说。

⑧蓬壶：海上仙山。

◎译文

站立在海边，远望茫茫大海，迷迷蒙蒙梦幻般的境界，令人不由惊呼。我想起古人所说的道理，就让浅薄无知的人去嘲笑吧。大海沐浴了光芒四射的太阳，又好像给月亮洗了澡。我要乘木筏看个分明。

乘桴于海上垂钓，可曾钓得大鳌？其实那钓竿也不过是轻轻拂过珊瑚罢了。沧海桑田的巨变，要想详细知晓，只有去问仙人麻姑了。白浪滔天，天连碧海，一片迷蒙中，哪里又有仙山蓬壶的踪影？

◎创作背景

康熙二十一年（1682年），词人随康熙帝东巡，途中驻扎于山海关，塞外的阔大景象和壮丽的山海风光，引发了词人心中的豪情，于是写下了这首词。

◎赏析

这首《浪淘沙·望海》，借用美丽的神话传说和成语典故，赋予苍茫大海极其浪漫的瑰丽色调，写得雄浑壮阔，豪迈奔放。

“蜃阙半模糊，踏浪惊呼”，词人伫立岸边，游目骋怀临远望海所见的壮丽美景。因为蜃楼是大气层折光形成的幻景，它浮在海面上空，云气迷蒙，无论是楼，还是山，似隐若现，虚无缥缈，远看并不真切清晰，所以说是“半模糊”。大海一片蔚蓝，涛生浪卷，横无际涯，气象万千，再兼之海面上空迷离的蜃楼幻景，构成一帧绝妙的巨幅画作。怎能不令立于海边，任凭舔岸的海浪冲刷、打湿靴子和裤角的观海人惊呼赞叹不已呢？

“任将蠡测笑江湖”，不论是那位想用贝壳来测量海深的人，还是那位望洋兴叹的河伯，以及世界上所有的人，在宽广无垠的大海面前，都显得不仅见识浅薄，孤陋寡闻，可笑得很，而且又是多么渺小卑微，微不足道。

“沐日光华还浴月”，描绘大海吞吐日月的壮丽景象。清晨，朝霞散彩，喷薄的红日，跃出海面，刚刚洗完海水浴，

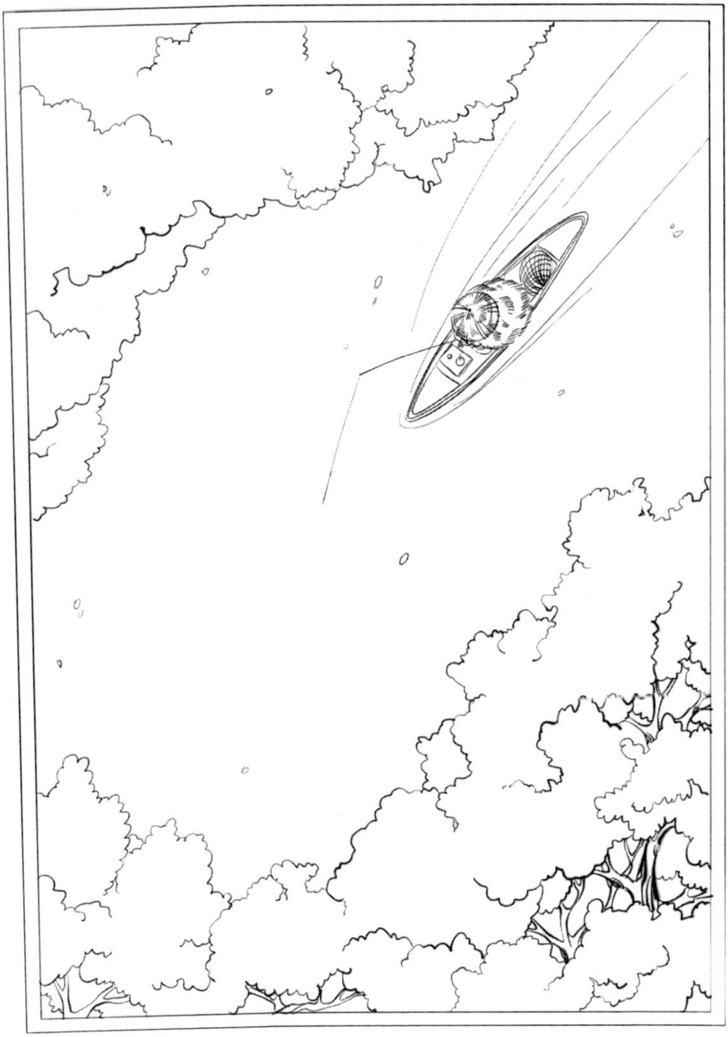

就带着湿漉漉的水雾缓缓爬上天空，把金灿灿的光辉洒向大海；月光普照的晚上，一贯以昼夜不歇卷浪示人的大海，幻化出别样的静谧图案：素月东升，银辉流泻，海水拓印下暗蓝色的天幕上闪烁的繁星和月亮的倒影，仿佛在给月儿冲个凉水澡，海浪轻轻地摇荡着水上的月亮，天上的月亮好像镶嵌在大海上的一枚珍珠。秀心慧思的词人，按捺不住澎湃的心潮，不想只做一个立在岸边的观海者，他愿投入大海的怀抱。

"我欲乘桴"，我真想乘上木筏，出海去做个弄潮儿，探寻大海的秘密。

"钓得六鳌无？竿拂珊瑚"，词人豪情激荡，也欲效法龙伯国身长三十丈、能活一万八千岁的巨人，一下钩就把负载支撑加固海上五座仙山的十五只大鳌中的六只钓上来。可是，古代神话中的巨人明明已钓走了六只，难道我这个俗世凡夫还能一钩下去再钓到六只大鳌吗？问句问得谐趣横生，答句答得幽默风趣：恐怕只能是钓竿拂着珊瑚吧。倒有自我解嘲的韵味。

"桑田清浅问麻姑"，前一段时间曾到蓬莱山，今又重来，发现海水又清浅了许多，于是忍不住请问三见大海变桑田的麻姑女神，难道大海又要变成桑田了吗？

"水气浮天天接水，那是蓬壶"，大海一碧万顷，渺渺茫茫，浪拍苍穹，远接天宇，哪里有海上仙山蓬莱、方壶的踪影？"水气浮天天接水"一句，首尾均是"水"字，中间镶嵌"天天"叠用，音韵回环往复，悠长谐美，恰到好处地绘出大海天连水、水连天，水天一色、雄阔旷远的壮丽画卷如在眼前。

这首《浪淘沙》中，词人紧扣"望"字，绘出海市蜃楼若隐若现、迷离不定的朦胧美景和红日跳海、金光四射、热烈奔放的海上日出图，以及皎月映波、银辉倾泻、清丽素雅的月海静谧画。既有霞飞云走般的放纵，又有禅意深藏般的宁静；于华美瑰丽的色泽里，透出空灵与隽秀，体现出纳兰性德词豪气干云的狂放和如歌行板的娴雅。词中巧妙融入神话传说和成语典故，古为今用，不见斧凿之痕，没有掉书袋之嫌。言约意丰，文笔简淡，文采灿然，有撼人魂魄、净化心灵、催人向上的力量。

◎轶闻异物录

龙伯国巨人钓鳌鱼

我国古籍中记载了许多有关钓鱼的神话故事，其中最大胆夸张的一个神话故事叫“龙伯国巨人钓鳌鱼”。传说龙伯国有个巨人，他把脚踩进海里，海水还不能没过他的脚背。当时渤海东面有个深邃无底的山谷，名叫归墟。归墟中有五座仙山，第一座叫岱舆山，第二座叫员峤山，第三座叫方壶山，第四座叫瀛洲山，第五座叫蓬莱山。由于这五座仙山山脚都没在水里，所以在水浪冲击时，仙山就会随之晃动，天帝怕仙山会被水冲走，就命令海神派出十五只巨鳌前去，分成三组，轮流值班，每班六万年，用鳌的头顶着每座山，使山体屹立不动。

这件事后来被巨人知道了，他来到仙山旁，使用香饵钓鳌鱼。贪吃的巨鳌禁不住香饵的吸引，把鱼钩吞下了，一下子就被巨人钓走了六只，因而有两座仙山，就被水冲走了。

于是，归墟里的五座仙山只剩下蓬莱、方壶、瀛洲三座。

鹧鸪天·小构园林寂不哗

小构园林寂不哗，疏篱曲径仿山家。昼长吟罢风流子[①]，忽听楸枰[②]响碧纱。

添竹石，伴烟霞，拟凭樽酒慰年华。休嗟髀里今生肉[③]，努力春来自种花。

◎注释

① 风流子：唐教坊曲名，后为词牌名，分单调、双调两体。单调三十四字，仄韵。双调又名“内家娇”。

② 楸枰：棋盘。古代棋盘多以楸木制作，故名。南宋陆游《自嘲》诗云：“遍游竹院寻僧语，时拂楸枰约客棋。”

③ 髀里今生肉：因长久不骑马，大腿上的肉又长起来了。意为不要叹老嗟卑，自寻苦恼。

◎译文

小小园林一片寂静，并不喧哗，稀疏的篱笆和曲折的小径都仿照着山野人家的样式建成。白天在这里吟唱《风流子》，到了晚上可以听到碧纱窗里传出棋子的落盘声。

添加一些竹子和石头，来衬托出山水的自然风光。准备在这里用酒来度过年华，不要感叹会在安逸舒适的生活中无所作为，等来年春天到来，可亲自在这里种草养花。

◎创作背景

《饮水词笺校》中记载：纳兰性德曾在其宅中筑茅屋，词即缘此事而作。草堂落成在康熙十七年（1679 年），这首词就写于堂成之际。

◎赏析

这首词以淡雅的笔触描写了隐者悠闲自适的生活情景，流露出纳兰渴望隐逸的心声。

"小构园林寂不哗，疏篱曲径仿山家"，疏篱山径，本是寻常山野人家。权相明珠府邸，山家之景不过是借景取意，雅俗同乐，不得作真。而于词人而言，那牢笼中的疏篱曲径似植于金丝笼边的野花，纵使不能翱翔长空，尽情歌唱，至少可用以观天，记住对自由的向往，维持对平淡生活的渴望。

"昼长吟罢风流子"，词人便是到了荒山村野也离不开一份诗意的栖居。

"忽听楸枰响碧纱"，楸枰响碧，应是清脆的金石之音。就在这一角楸枰中，词人悟得功名不过虚妄，悟得幽居山间的乡野之乐。

"添竹石，伴烟霞，拟凭樽酒慰年华"，如果再加以竹石和着烟霞的相伴，便是得到了人间的全福。词人杯中酒难解万古愁，美酒一杯，聊寄年华。词人的精神家园显然不在错综复杂的井野，他需要一个单纯的地方来滋养诗情画意的灵魂，不知已入红尘的词人能否舍下这些繁华，小隐于野。

"休嗟髀里今生肉，努力春来自种花"，年华不再，壮志未酬，此时的词人已不再是那个一心考取功名的青涩少年。他的心早已奔波疲倦，需要的是一方余田，倚着闲窗静静地品尝着这半生的苦忆。花田下，一人执锄，学陶渊明，东皋临啸，清泉赋诗。花木成林时，百鸟争来，平添几分情趣。

全词描绘了词人理想中的隐逸生活：竹篱、小径、饮酒、下棋，最重要的是与知心好友一起吟诗作对。这首词虽然明快，其中却蕴含着淡淡的伤感与惆怅。

名品棋盘“楸枰”

楸枰是我国传统棋具中的珍贵名盘，出现于晋朝，风靡至今，深受王公贵胄、名人逸士、棋家弈客喜爱。历代诗人有关楸枰的遗篇颇多，如杜牧有“玉子纹楸一路饶，最宜檐雨竹潇潇”诗句。晚唐诗人温庭筠描写围棋的诗最多，有十几首。

楸枰有纹楸与侧楸之分，侧楸枰是我国传统棋具的一个重要组成部分，是棋具制作工艺一个质的飞跃。侧楸枰最早出现于南北朝，消亡于明末清初。

楸木呈金黄色，轻而坚，不容易翘曲变形，纹理细腻微妙，投子盘上发金石之声。侧楸枰古朴典雅，棋盘表面用三百二十四块刮削得很薄而又匀等的楸木片，根据楸木片自然纹纵横排列编织而成，自然形成十九格棋路，然后在棋盘四周雕刻各种吉祥图案。“侧楸敲醒睡，片石夹吟诗”，浑然天成的棋路，令人产生无限遐思。

《辞源》上讲侧楸枰的发明者为南齐萧晔，他是南齐开国皇帝萧道成之子，字宣昭，行第五，封武陵王。其父萧道成是围棋名人，史书称其为弈棋“第二品”。南北朝围棋高手辈出，并有专门围棋等级制度，围棋二品者不过五六人。萧晔受其父影响，热衷围棋之道，与当时名手萧子良对弈，杀得对手大败而归。

据《南史》记载，晔少时家贫，没有棋盘，“乃破荻为片，纵横以为棋局”。从荻片棋盘到侧楸棋盘一脉相承，萧晔发明的侧楸棋盘对后世的棋具制作工艺有着深远的影响，围棋史应该记住萧晔这个人。

南乡子·何处淬[①]（cuì）吴钩[②]

何处淬吴钩？一片城荒枕碧流[③]。曾是当年龙战地[④]，飕（sōu）飕[⑤]。塞草霜风满地秋。

霸业等闲休，跃马横戈[⑥]总白头。莫把韶华轻换了，封侯[⑦]。多少英雄只废丘[⑧]。

◎注释

①淬：淬火。

②吴钩：兵器，形似剑而曲，春秋吴人善铸钩，故称。后也泛指利剑。

③碧流：绿水。

④龙战地：指古战场。龙战，本来是说阴阳二气交战。《易·坤》曰："龙战于野，其血玄黄。"后喻群雄争夺天下。

⑤飕飕：形容风声。

⑥跃马横戈：手持武器，纵马驰骋。指在沙场作战。

⑦封侯：封拜侯爵，泛指显赫功名。

⑧废丘：荒废的土丘。清代汤潜《广陵杨花篇》诗云："风流千古隋天子，回首雷塘只废丘。"

◎译文

哪里是血染吴钩之地？而今已城池荒芜，碧水长流。这里曾是当年群雄争霸的战场，而今风声飕飕。塞草遍野，寒风呼啸，满地皆是秋色。

称霸的事业轻易就结束了，策马驰骋，兵戈杀伐，最终也只换得一头白发。不要用美好的年华去换取显赫功名，多少英雄到头来只不过被埋于废弃的山丘之下而已。

◎创作背景

清康熙二十一年（1662年）秋，词人奉命出使梭龙，在行经当年诸侯争战之地时，发起历史兴亡之叹，写下这首纪游咏古之作。

◎赏析

这首词是一首怀古之作，词人通过对历史上宏图伟业的冷眼旁观，站在无垠时空的宏大角度，发出了世事无常、兴亡无据、古今同梦的感慨，表达出对时光无情、英雄白发的叹息。在纳兰词中别具一格，颇为大气深沉。

“何处淬吴钩”，开端即问，从中可见悲凉凄怆的情调。

“一片城荒枕碧流”，映衬出当年争战之地衰草、风霜的萧瑟荒凉，折射出词人的迷惘与哀伤。

“曾是当年龙战地，飕飕”，曾经金戈铁马纵横的沙场，如今也不过变成了一片荒凉的土地。

“塞草霜风满地秋”，道尽了秋日的萧瑟凄凉。

“霸业等闲休，跃马横戈总白头”，从写景转入抒怀，表达了人生苦短、人间若梦的伤感。

“莫把韶华轻换了，封侯”，美好的青春年华，原本可以去做更多有意义的事，不应该浪费在一将功成万骨枯的所谓宏图大业上。

“多少英雄只废丘”，是作者哀感的点睛之语，大有东坡“大江东去，浪淘尽、千古风流人物”的情怀。

世事无常，功名虚无，词人用历史古迹的满眼苍凉来说明霸业也好，封侯也罢，最终不过被历史的尘埃湮没。全词悲壮中又有着超越历史的时空之叹，沉郁悲慨。

◎轶闻异物录

吴 钩

吴钩是春秋时期流行的一种弯刀，它以青铜铸成，是冷兵器里的典范，充满传奇色彩，后被历代文人写入诗篇，成为驰骋疆场、励志报国的精神象征。在众多文学作品中，吴国的利器已经超越刀剑本身，上升成为一种骁勇善战、刚毅顽强的精神符号。

相传的“吴钩”,是刀身呈曲翘状(按其形状可总称为曲刀或弯刀)，具有适合劈砍的构造。曲刀由刀首、刀身、护手（格）和刀柄所构成。单侧有刃，呈曲线状，没有锋刃的一侧，称之为刀背。柳叶刀即是曲刀的标准刀型，全长约一米，刀柄二十厘米左右。因刀刃形状似柳叶，得名柳叶刀。

刀的制作材料：刀刃部分使用经过硬化处理的优质铜，刀背部分用韧性好的金属制成。

刀的长度和重量：虽然根据使用者而定，但是也有一个大致的标准。长度是在持刀的手自然下垂，手握手柄，刀尖朝上状态下，以刀尖不过耳、刀重七百克以上为标准。

踏莎（suō）行[①]·月华如水

月华如水，波纹似练，几簇澹烟衰柳。塞鸿一夜尽南飞，谁与问倚楼人瘦[②]。

韵拈风絮[③]，录成金石[④]，不是舞裙歌袖[⑤]。从前负尽扫眉才[⑥]，又担阁[⑦]镜囊[⑧]重绣。

◎注释

①踏莎行：词牌名。又名“柳长春”“喜朝天”等。双调五十八字。

②倚楼人瘦：倚靠在楼栏杆的人，因为相思而变得清瘦。

③韵拈风絮：指谢道韫以絮咏雪典故，后用来比喻女子才华出众，文思敏捷。

④金石：指《金石录》一书。此书由宋代赵明诚李清照夫妇撰写。

⑤舞裙歌袖：指歌伎。比喻虚荣浮华的人。

⑥扫眉才：指有才能的女子。

⑦担阁：耽误。北宋王安石《千秋岁》：“无奈被些名利缚，无奈被他情担阁。”

⑧镜囊：盛镜子或其他梳妆用具的袋子。

◎译文

月光像水一样，波纹像白绢一样，烟霭淡淡，残柳几株。仿佛就在一夜之间，大雁已尽数南飞。那倚楼远眺的女子，你为何如此憔悴？

你怀有高绝文才，与谢道韫李清照比肩，不是寻常歌女舞姬。从前你因才华横溢享尽盛名，如今风华不再，又打开梳妆镜屡屡描眉。

◎创作背景

赵秀亭、冯统一《饮水词笺校》载：“词言及‘风絮’‘金石’‘扫眉’诸语，疑为沈宛作，性德妻妾中，唯沈氏堪称才女。宛于康熙二十三年（1684年）秋九月随顾贞观北上入都，性德方迫于随扈南巡，至十一月底方归。词末句‘担阁镜囊’语，拟想沈氏在京等候情形。词应作于此时。”

◎赏析

这首词先以月下之景烘托出怀思念远的氛围，再追怀所思之人，并追悔对往日美好时光的辜负，其不胜痛惜之情溢于言外。

“月华如水，波纹似练，几簇澹烟衰柳”，先写月光照耀下的清澄水面，以及水面上粼粼似练的水波，再写水边的淡烟衰柳。“澹”和“衰”字，渲染出一种凄清忧愁的氛围。月影衰柳，淡烟波纹，景致如水，又是勾起词人心绪的氛围。

“塞鸿一夜尽南飞”，遥望天际，塞外鸿雁尽数南飞，便是情断景荒芜。

“谁与问倚楼人瘦”，点出倚楼人形象，由写景过渡到抒情，表达了孤寂落寞的心情。

“韵拈风絮，录成金石，不是舞裙歌袖”，这里连续用典，盛赞对方才学出众，非庸俗之辈，风絮代谢道韫，金石代李易安。两人同是一代才女，不是爱慕虚华的人，表现出词人对这位女子的欣赏。纳兰写史上才女，意为追忆爱妾沈宛。说她生平，自是如此的女子，能让他痴心、让他留恋。

“从前负尽扫眉才，又担阁镜囊重绣”，“负尽”道尽感伤懊悔之情。过去时光美好，沈宛温婉有才，饱读诗书，尚能相伴之时，却没能长此相伴；已然人去楼空之时，却叹岁月无情。只能责怪自己，辜负了那美好旧时光。

作为一首月下怀人之作，全词景中含愁，真情流露，忧思难忘，哀婉曲折，百转千回，令人动容。

《金石录》

《金石录》，共三十卷，先由宋代赵明诚撰写大部分，其余部分由其妻李清照完成。《金石录》一书，著录其所见从上古三代至隋唐五代以来，钟鼎彝器的铭文款识和碑铭墓志等石刻文字，是我国最早的金石目录和研究专著之一。

《金石录》和《集古录》齐名，前人往往称金石学为“欧赵之学”，即指此《集古》《金石》两录而言，近代则因有赵明诚妻李清照的《后序》而知名。赵氏夫妇收集金石拓本、书籍、古器以及最后逐次散失的经过，详记于《后序》中。

此书的体例仿照《集古录》，不过是把目和题跋合为一书。全书三十卷，前十卷是目录，一共著录两千卷，实际不到两千种，因为少数大碑是一碑分为二卷或多卷的，但已比《集古录目》的一千卷多出许多；这两千卷都按时代先后排列，比《集古录目》的不按时代后来居上。后二十卷是题跋，不是两千卷都题跋，只题跋了五百零二种，但已是很有用的历史文献。因为和《集古录》一样，《金石录》所收所题跋的大部分原石及拓本都已不传，其中唐代的占有很大部分，而《金石录》把其中部分内容保存了下来。

临江仙·昨夜个人[1]曾有约

昨夜个人曾有约，严城[2]玉漏三更。一钩新月几疏星。夜阑犹未寝，人静鼠窥灯[3]。

原是瞿唐[4]风间阻，错教人恨无情。小阑干外寂无声。几回肠断处，风动护花铃[5]。

◎注释

①个人：那人。

②严城：戒备森严的城池。

③鼠窥灯：形容环境寂静荒僻。

④瞿唐：瞿塘峡，长江三峡之首，也称夔峡，西起四川奉节白帝城，东至巫山大溪。两岸悬崖壁立，江流湍急，山势险峻，号称西蜀门户，峡口有夔门和滟堆。

⑤护花铃：为保护花朵设置的驱赶鸟雀的铃。

◎译文

昨夜与情郎相互约定，在三更时分相会。城楼上漏壶显示，已到三更。天际一弯新月，伴着几颗疏朗的星。午夜将尽，她还在等待中睁大眼睛。一片静谧，只有老鼠在灯下张望不停。

想来他一定是被什么事情耽搁了吧，刚才真不该暗恨他爽约无情。小栏杆外寂静无声，没有一个人来，只有几缕轻风，吹响了护花的铃，提醒独自等待的她现在多么寂寞，多么冷清。

◎创作背景

这首词为代人设辞，假托女子与人相约而成空。或以为作者与人相约，已经深夜，期客不至，令其无寐，所以写下此词。相约之人，有可能是作者恋人。陈淏《精选国朝诗余》中此词有副题“忆友”，但此“友”其人不详。

◎赏析

这首词用女子口吻写与情人相约而又未能践约，且爱且怨的情怀，表现了主人公先是怨恨对方后又原谅对方的情感变化，细腻感人。

“昨夜个人曾有约，严城玉漏三更”，报时的沙漏中细沙一点一点滑下，时间无情流逝。戒备森严的城内街道空无一人，主人公独自等待了大半个夜晚，“严城”二字更增添了孤独凄凉的色彩。相思与等待之苦，确实令人不堪忍受。

“一钩新月几疏星”，天上的一钩新月，点点疏星，这样的景色在主人公看来，不过是一番别样的孤寂凄清，人的一生会遇上多少个一钩新月天如水的夜晚？如果所等待的人如约来到，那此情此景，二人可能会在月下对酌，可能会联词唱和，也可能只是并肩漫步在如水月色中，低声耳语惊起了宿鸟，剪碎了花影。然而，这样心心念念等待的人，终究没有到来，面对新月疏星，只能听凭思念和寂寞在惘然中纠缠不休。

“夜阑犹未寝，人静鼠窥灯”，纵夜阑灯昏，也难以安然好眠。四周寂静无声，连小鼠也出来窥探。而无果的等待，一室的悄然，早已让人心内冷凉一片。言语至此，已是沉沉无半点生气，寂寞至极。

“原是瞿唐风间阻”，主人公转念设想，恋人一定遭遇了像瞿塘峡的风一样的意外变故,才没来赴约。这里所谓的“瞿唐风间阻”是借喻人间别有难言的风险,显然非单指自然界的险阻。此处借典故示之,意含深婉,情韵深长。想必此刻伊人正在独倚高楼,拍遍栏杆,苦无良计。强自解嘲。

“错教人恨无情”,这让人误以为对方无情。既未践约,则一面是遗憾,一面是加倍思念。横亘在他们之间的是一条何其难逾的鸿沟,主人公不禁黯然神伤,却也无计可施,只得任那情绪陷入长久痛苦的相思之中。

“小阑干外寂无声”,深夜难眠容易让人产生回忆,昔日与恋人在回廊约会的场面历历在目。

“几回肠断处,风动护花铃”,此时此刻,只剩下护花铃声颤动,空留断肠人。

全词言辞恳切,情韵委婉,哀感动人。结尾两句以情入景,清新含婉,余味悠长。

◎轶闻异物录

长江三峡

长江三峡西起重庆市奉节县白帝城,东至湖北宜昌市南津关,全长一百九十三千米,沿途两岸奇峰陡立、峭壁对峙,自西向东依次为瞿塘峡、巫峡、西陵峡。

重庆市巫山县境内,有大宁河小三峡、马渡河小小三峡。长江沿线重庆境内,有“水下碑林”白鹤梁,“东方神曲之乡”丰都鬼城,建筑风格奇特的石宝寨、“巴蜀胜境”张飞庙、蜀汉皇帝刘备的托孤堂、龙骨坡巫山文化遗址等景观。

“长江三峡”是重庆十大文化符号,“长江三峡夔门”是第五套人民币10元纸币背面的风景图案。

望海潮·宝珠洞[①]

漠陵[②]风雨，寒烟衰草，江山满目兴亡。白日空山，夜深清呗[③]，算来别是凄凉。往事最堪伤。想铜驼巷陌[④]，金谷[⑤]风光。几处离宫[⑥]，至今童子牧牛羊。

荒沙一片茫茫。有桑干[⑦]一线，雪冷雕翔[⑧]。一道炊烟，三分梦雨，忍看林表[⑨]斜阳。归雁两三行。见乱云低水，铁骑荒冈。僧饭黄昏，松门[⑩]凉月拂衣裳。

◎注释

① 宝珠洞：今北京西郊八大处有一个宝珠洞，洞在第七处，是为八大处最高处，其殿宇有牌坊、正殿、弥陀殿、敞轩等。登临此处可凭高眺远，北京城、永定河、卢沟桥、昆明湖、玉泉山等尽收眼底。

② 漠陵：荒凉冷落的陵墓。

③ 清呗：清晰的诵经声。

④ 铜驼巷陌：指铜驼街。原址在今河南省洛阳市旧洛阳城中，以道旁曾有两枚汉铸铜驼相对而得名。为古代著名的繁华之地。

⑤ 金谷：古地名。原址在今河南省洛阳市西北。后用来代指繁华游宴的场所。

⑥ 离宫：古代帝王出巡在外时居住的宫室。

⑦ 桑干：今永定河上游，相传河水会在每年桑葚熟时干涸。

⑧ 雕翔：雕鹰在空中盘旋。

⑨ 林表：树林之外。

⑩ 松门：前植松树的屋门，词中指寺庙的门。

◎译文

古人的陵墓荒凉冷落，只有寒冷烟雾和衰萎的野草，满眼都是历史兴亡的痕迹。白日里山空幽静，夜深时佛经入耳，凄凉无比。铜驼街和金谷园往日的繁华消失殆尽。从前皇帝的离宫，现在成了童子放牧牛羊的地方。

荒沙一片苍凉浑茫，河流也萧疏苍凉，茫茫的雪山上，大雕展翅而翔。炊烟袅袅，树梢残阳，天边还有归雁三两成行，只看到凌乱的云朵，荒凉的山冈，铁蹄踏过水面。黄昏时和尚吃着饭，在寺门冷月下拂拭衣裳。

◎创作背景

纳兰曾随康熙帝游览北京西山八大处宝珠洞，登高远眺时，写下了这首词。考证其具体时间，词的结构字句多与严绳孙的《望海潮》相近，当为词人早年习作，应该在康熙十四年（1667年）之前。

◎赏析

这首词写景苍远浑厚，萧疏寂寥，抒情上尽管带有一种凄清伤感的基调，但同时充满豪宕雄伟的气概。

“漠陵风雨，寒烟衰草，江山满目兴亡”，古人的陵墓荒凉冷落，历史风云变幻，于此全都消逝无痕，只剩那郊外的寒冷烟雾和衰萎的野草，一语点出兴亡之叹。

“白日空山，夜深清呗，算来别是凄凉”，白日里山空幽静，夜深时佛经入耳，听来着实令人觉得凄凉无比。

“往事最堪伤。想铜驼巷陌，金谷风光。几处离宫，至今童子牧牛羊”，引出“铜驼巷陌”和“金谷”两处地名。这两处都是有名的繁华之地和游娱之所，所以这几句的意思是，最令人伤心感怀的莫过于以前的繁华已完全消失，一去不复返了。

“荒沙一片茫茫。有桑干一线，雪冷雕翔”，荒沙苍凉浑茫，河流萧疏寥落，茫茫的雪山上大雕展翅而翔。这番景致虽带有一种凄清伤感的情调，但又不乏豪宕嵚崎的特色。

“一道炊烟，三分梦雨，忍看林表斜阳。归雁两三行”，炊烟袅袅，树梢之后的残日，已是说不完的凄凉，加上天边还有两三行归雁，更是将寂寥氛围烘托得无以复加。

“见乱云低水，铁骑荒冈。僧饭黄昏，松门凉月拂衣裳”，则将全词意境推向最高潮，在读者还沉浸于苍阔的辽远情绪中时，词人急转直下抛出一个空远的松门之境收住全文。黄昏时寺僧正在吃饭，在月下寺庙前拂拭衣裳，这或许才是词人眼中惬意悠然的生活。

这首词的情境收放之间极具张力，是纳兰词“苍凉豪宕”风格的代表作。全词收放自如，虚实相间，意境深远。

◎轶闻异物录

铜驼大街的兴盛与衰败

魏明帝为装饰洛阳城，下令从长安把金人、铜驼、承露盘等各种古董移来。耗费了大半年的光景，最后只有很少一部分古董被成功运至洛阳，最出名的就是一对汉武铜驼，相传是当年汉武帝为了纪念开通西域特意铸造。魏明帝就把这对铜驼安放在了宫城阊阖门外的大街两侧。在铜驼后面，依次排放着铜马、铜龙、铜龟、辟邪、麒麟、天禄等。这条大街就是历史上赫赫有名的铜驼大街。

铜驼大街是汉魏洛阳城的中轴线大街，也是我国最早的都城轴线大街。汉代以前的都城是没有轴线大街概念的。铜驼大街开创了我国古代都城轴线建筑的先例。作为我国古代早中期都城的典型代表，汉魏洛阳故城对隋唐时期的长安城与东都洛阳城的建筑形制产生了显著的影响。

遗憾的是，北宋末年金兵南侵，洛阳遭难，铜驼虽免于浩劫，却再遭遗弃。到南宋洛阳被金人攻陷时，铜驼亡失不知归于何方。

如梦令·万帐穹庐[1]人醉

万帐穹庐人醉，星影摇摇欲坠。归梦隔狼河[2]，又被河声搅碎。还睡，还睡，解道[3]醒来无味。

◎注释

① 穹庐：圆形的毡帐。

② 狼河：即白狼河。

③ 解道：知道。

◎译文

在千万个行军帐篷里，众人都已喝得大醉，连天上星星的影子看上去都摇摇欲坠。在白狼河边安营熟睡，我想在梦中回到家乡，梦却又被奔腾不息的河流声打扰搅碎。还是睡吧，还是睡吧，明知道醒来也是索然无味。

◎创作背景

康熙二十一年（1682 年）二月，纳兰奉命出塞。征途中，词人看到气象雄壮的营地，于是以奇景入笔，充满激情地创作了这首颇具特色、气象独特的边塞词。

◎赏析

这首词以他人醉梦沉酣与自己醒眼苦睁相对照的表现形态，加之深重的内心独白，强制自己入睡的无可奈何，使长夜辗转反侧的形象集中强烈地突显出来，抒写作者心情孤寂、凄清、思家而欲归不得的痛苦。

“万帐穹庐人醉”，众人饱饮之后酣然入梦，一片寂静，寂静的环境最使孤寂之人难以忍受。须知以酒浇愁愁愈愁，愁人酒后愁更多，不仅未醉，而且更清醒了，百忧俱来。

“星影摇摇欲坠”，是暗示句，暗示清醒的眼前所见。夜已深，词人坐卧不宁，时光却在推移着。这一句加重暗示一个醒着的人的感觉。

“归梦隔狼河，又被河声搅碎”，耳中传来白狼河的流湍声，于是怨自己的“归梦”被“河声搅碎”。

“还睡，还睡，解道醒来无味”，心知醒眼独对，苦思纷呈，实在其味酸涩，还不如睡下。然而却不能入睡，也不会有“归梦”，更不会得一个甜甜的有味的圆满之梦。“醒来无味”是十分沉重的话语。醒时无味，梦去又不成，主人公的情苦之浓之深，从中可见。

这首词通过客观地描写身边的环境，表现出词人对官场生活的厌烦，形象生动地表达了深沉的思乡之情。

◎轶闻异物录

白狼河的传说

传说很久以前，潍县城西南关的两间小茅草棚里，住着一个年过半百、身体多病的老太太，还有她的两个儿子，一家三口靠做豆腐为生。这年大旱，黄豆特贵，老太太愁得病倒了。老太太死后，兄弟二人悲痛之余，想起娘说的话：娘死后用铁链子抬上她，围着城转圈，铁链子什么时候断，就在所断的地方挖坑埋娘。于是兄弟二人抬上娘，围着城转起来。就在兄弟二人筋疲力尽时，铁链子突然断了。

二人急忙跪在地上用手挖坟，挖着挖着，出现一块又大又硬的石板，想换地方，又想起这是娘临死时的嘱咐，不忍心换。老大借来铁锤和铁钎，二人打呀，凿呀，终于打出一个大洞，“呼”的一声，洞内突然跳出一只大白狼向东北方向跑去。接着一股又粗又清的泉水喷出，泉水向着白狼跑的方向流去，转眼间，流成了一条大河。潍县城从此有了一道清亮的河水，人们就将这条河取名白狼河。谐音叫白浪河。

纳兰性德大事记

1. 顺治十一年（1655年），出生。北京。

2. 康熙十年（1671年），十七岁。北京。补诸生，读书国子监。

3. 康熙十一年（1672年），十八岁。北京。中顺天府乡试举人。

4. 康熙十二年（1673年），十九岁。北京。因病未参加殿试，专心学问，撰写《渌水亭杂识》。初次讨论刊刻《通志堂经解》。

5. 康熙十三年（1674年），二十岁。北京。娶卢氏为妻。

6. 康熙十五年（1676年），二十二岁。北京。补殿试，中二甲七名进士，但未有委任。《通志堂经解》诸序多写于此年。

7. 康熙十六年（1677年），二十三岁。北京。五月，卢氏卒，厝灵于双林寺。秋，任三等侍卫。著《合订大易集义粹言》八十卷。继续写作《通志堂经解》诸序。初编《饮水词》成。

8. 康熙十七年（1678年），二十四岁。北京。闰三月，顾贞观、吴绮在江南，为《饮水词》作序。七月，葬妻子卢氏于京郊皂荚屯。

9. 康熙十八年（1679年），二十五岁。北京。春，康熙开博学鸿儒试，授检讨。《饮水词》《今词初集》刊成。

10. 康熙十九年（1680年），二十六岁。北京。姜宸英南还，写《金缕曲》相送。顾贞观入京，居为其所筑茅屋。

11. 康熙二十一年（1682年），二十八岁。北京、东北。春，扈从东巡，至盛京、松花江、大小兀拉等地。夏，升二等侍卫。秋，随副都统郎坦奉使梭龙，岁末还京。

12. 康熙二十二年（1683年），二十九岁。山西、北京。二月，扈从赴五台山。冬，吴兆骞入京，居府中。

13. 康熙二十三年（1684年），三十岁。北京郊区、南方诸地。五月，扈从至古北口外避暑。八至十一月，扈从南巡。年底，纳沈宛为妾。

14. 康熙二十四年（1685年），三十一岁。北京。春，任一等侍卫。五月得疾。五月三十日卒。冬，沈宛生遗腹子富森。